说吧，绿城

绿城服务集团有限公司　主编

文匯出版社

图书在版编目(CIP)数据

说吧，绿城 / 绿城服务集团有限公司主编. –– 上海:
文汇出版社, 2020.11
ISBN 978-7-5496-3364-7

Ⅰ.①说… Ⅱ.①绿… Ⅲ.①纪实文学—作品集—中
国—当代 Ⅳ.①I25

中国版本图书馆CIP数据核字(2020)第208954号

说吧，绿城

主　　编 / 绿城服务集团有限公司
责任编辑 / 熊　勇
装帧设计 / 力扬文化

出版发行 / **文匯**出版社
　　　　　　上海市威海路755号
　　　　　　（邮政编码200041）
印刷装订 / 成都兴怡包装装潢有限公司
版　　次 / 2021年1月第1版
印　　次 / 2021年1月第1次印刷
开　　本 / 880×1230　1/32
字　　数 / 160千
印　　张 / 8

ISBN 978-7-5496-3364-7
定　　价 / 48.00元

《说吧，绿城》编委会

代序：绿城兴旺聚高人

在杭州，提起绿城服务集团有限公司，可谓无人不知无人不晓。这家大型企业的服务项目种类繁多，而就大端来说，她的主业用得上一句成语：筑巢引凤。

栽好梧桐树，引来金凤凰。近二十年来，绿城业绩灿烂辉煌。这灿烂辉煌，不仅体现在她建造了许许多多美轮美奂的住房，并且还显示在这些美居迎来了熙熙攘攘的业主。而这些业主，又大都是来自五湖四海的各行各业的高人。

说是高人，可能会有过誉之嫌。其实并非过誉。在绿城服务的业主里，确实有为数众多的才识超群的人、志行高尚的人。他们幸福安详地生活在绿城提供的居处，享受着时代气氛给予的盛意，沐浴着美好社会照耀的阳光，编织着中国特色笼罩的新梦。

纪实文学《说吧，绿城》，记叙的就是栖居在绿城打造的梧桐树暖巢里的金凤，一个个既平凡而又不平凡的可歌可颂的高人。这里有一生贡献给了绘画艺术的画家；有在舞台上十分闪亮舞台下却百般艰辛的演员；有不断帮助丈夫战胜病魔的可爱妻子；有时时与命运抗争的钟表匠人；充满传奇色彩的"离经叛道"的旅行者……随着一个个洋溢着激情与斗志的故事生动展开，一个个各不相同的生命旅程也渐渐展现。于是，凸现在我们面前的，既是清新瑰丽的一幅幅人生画卷，又是丰富多彩的一片片精神世界。内中存在着痛苦与欢乐的交会，进行着灵魂与肉体的搏击，甚至展现了惊心动魄的生与死的斗争。当每个人一切的一切，在生活的版图上显露出自己的足迹与肺腑的时候，人生与环境的深层关系得以完全体现，人的世界观与价值观也就因此而流露无遗。

人生与环境的关系，构成了人类的历史。绿城筑巢引凤的结果，展示了人类历史虽然渺小却意义重要的一角。对于这很有意思颇含趣味的一面，我们当然不可轻视。

这部纪实文学由若干篇短章组成。这些短章文字优美、故事感人、人物鲜明，称得上是一篇篇精心营构的散文。就思想性而言，这些文字向读者热情洋溢地揭示了人人都愿意接受的一个道理。这个道理就是20世纪最伟大哲学家之一、海德格尔津津乐道的"人应该诗意地栖居"。而这部纪实文学正十分形象地揭示了这一道理。她很兴奋而又很实在地告诉人们：这些高人因为在绿城的暖巢里"诗意地栖居"，于是获得了人生难能可贵的怡悦、尊严与幸福。

有七绝一首为证：

筑巢引凤见精神，

诗意栖居此地新。

光照杭州天象美，

绿城兴旺聚高人。

褚水敖

二〇一九年十月三日

（作者系中华诗词学会顾问、上海诗词学会首席顾问、中国

作家协会会员、原上海市作家协会党组副书记兼秘书长）

目录 CONTENTS

说吧，绿城

- 在路上 ……………………………………………… 002

- 命运接力赛 ………………………………………… 035

- 追火焰的人 ………………………………………… 066

- 寻觅人生的舞者【上】 …………………………… 095

- 寻觅人生的舞者【下】 …………………………… 129

- 无水之湖 …………………………………………… 154

- 一个钟表匠人的历史 ……………………………… 184

- "离经叛道"的旅行者 …………………………… 212

- 后记 ………………………………………………… 240

说吧，绿城

在路上

知青和支边时代的年轻人们有一个共性，那就是永远在路上的精神。他们乐观地接受时代的浪潮，带着革命的浪漫情怀在各自的人生里"折腾"着、"躁动"着，永不停歇。

01·北上

20 世纪 50 年代初的中国，江南水乡浙江的一个叫作石门镇的小镇上，陈燮中出生了。

小镇虽小，也有大块大块的青石板铺成的街道，石板的缝隙之间也有倔强的青苔和杂草在生长。还有不少人从小镇里走出去，然后把自己的名字传遍中国的大江南北。这依赖于小镇浓郁的文化氛围。陈燮中所在的家庭就是这个典型的江南水乡里典型的知识分子家庭。他的父亲是当地唯一一所小学的校长，母亲则是一名语文老师，他的外婆是当地的大户人家，他的舅舅是新中国成立后最早一批归国的著名医生之一。所以，从陈燮中出生开始，他的家庭教育就相当严格。

如果没有意外的话，陈燮中的人生应该沿着既定的轨道一环接着一环走到最后。在父母眼里他从小应该受到良好的教育，未来从事教育或者文化领域的事业，继承他们的衣钵。然而变化总是来得猝不及防。在他的幼年时期，原本宁静安稳的江南水乡生活，犹如被一阵强台风袭击一样，彻彻底底地变了个底朝天——"大跃进运动"开始了。在陈燮中的印象里，家中本有六个兄弟姐妹，可是当时条件变得艰难起来，大家庭开始连吃饱饭都成了问题。父母已然尽力，把家中余下的本就不多的粮食留给了六个孩子，但自己的一个弟弟还是因为营养不良而夭折了。那个时候，年幼的陈燮中对于生死没有意识，他只是隐隐觉得有些悲伤，那张鲜活的面孔就这么与自己永远告别了，后会再无期。当他成长到足够理解这件事情的年纪的时候，再回想起这件事情来，想起当时父母欲哭无泪的麻木的神情时，感到了深深的恐惧和后怕。因为他记得长大以后在《动物世界》里曾经听到过这样的台词："幼兽们在母亲怀中奋力挣扎，来争取固定数量的乳头获得养料，而那些体形不够壮硕的幼崽因为得不到足够的营养，会体形越来越小，长时间后会成为恶性循环，最终被自然法则所淘汰。"从弟弟走了以后，小小年纪的陈燮中对家人尤其在意。家人就是他的逆鳞。

　　陈燮中的幼年时期就像闷热潮湿的水乡一样，在巨大的阴影下悄无声息地生长着。那是一个充满着变化的时代。在他的少年时期，"文化大革命"运动席卷到了石门镇。原本知识分子的标签和校长的身份也成为他父亲被批斗的原因，父亲被剥夺了教育工作者的身份，安排去了供销社上班。那是陈燮中还在读初中的某天，放学回家的路上，他看到一群人围在一起，等他凑近一看，自己的父亲就是风暴的中心，那伙人都是当地供销社的汉子，知识分子的父亲进了供销社就等于是羊入了狼群。那伙汉子平常就干些欺善怕恶的事情，以往见了陈父总是唯唯诺诺，不敢越界，有时还得尊敬地叫一声"陈先生"，可现如今往常受人尊敬的陈先生居然和自己一样干着体力活儿，甚至干得还没自己好，就不由得开始冷言冷语。反正大伙儿也不懂得陈先生做错了什么事情，但是他已然被定为了有罪，那想来便是有罪了，既然有罪就无须再顾忌些什么，语言上的暴力和日常交集中的诘难肯定是少不了的。这可是供销社这帮汉子们的拿手好戏。察言观色、迎风而动的本事自然信手拈来。陈先生虽然静默忍了又忍，可是心底里的骨气和傲气都让他没法学做鸵鸟不闻不问，终于在某一天爆发了出来。说是爆发，其实也就是口头上抗争两句。可怜聪明博学了一辈子的陈先生全然忘记了书本上老祖宗的教诲："秀才遇到兵，有理说不清。"他越是辩驳，遇到的反击和嘲弄便越大。发展到后来，便是供销社的汉子们拉着陈先生出来批斗，给他冠之以顽固反动派的污名，也就是陈燮中放学路上看到的这一幕。

陈燮中虽然出身于大户人家，骨子里却有着一股血性。见到父亲受辱，他不似寻常少年那样不知所措或者哭哭啼啼，他的逆鳞被深深触碰到了，只见他瘦骨嶙峋的手臂上青筋凸起，像头随时就要择人而噬的猛虎。勇猛暴怒之际，他甚至还多了一份细致。生怕自己年纪小不是这些大人、坏人的对手，他返身去附近人家的灶房里摸了一把菜刀，这才三步并作两步，舞刀直扑人群中心，脚底生起灰尘阵阵，惊得四周安逸觅食的鸡群和闲散看戏的人群都迅速散了开来。

陈燮中扑向的人正是造反派的头头，小小年纪看的书虽然不多，但却记得很牢，书上面有句话他背得很熟，却一直不明含义："射人先射马，擒贼先擒王。"在操起菜刀冲锋的过程中，他顿悟了这句话的含义。学以致用，用然后知所以学。

陈燮中的勇猛震惊了在场的所有人，包括他的父亲。形势逆转了，那个造反派的头头像个不知所措的少年一样愣在了当场。那些成天耀武扬威的供销社的汉子，没有一个人有勇气敢于挡住这个舞着菜刀的疯狂少年。至于那些看热闹的闲汉更是早就不见了踪影。陈燮中离得很近了，他的刀眼看就要砍到造反派的头头身上，为此他还在冲刺过程中深吸了一口气，又一次牢牢握紧了刀柄，生怕砍偏。他如此狰狞与生猛，造反派的头头吓得连逃跑都忘记了。他仅仅认命似的用双手交叉的姿势护住头部，做了一个防御的动作，这一次，他成了鸵鸟。就在少年刀砍下去的瞬间，他被拦住了。拉住他的不是别人，正是他的父亲。陈父从震惊中第一个清醒过来，及时阻拦了自己的儿子。他知道这一刀万万砍不得，这一刀下去就坐实了不但自己而且一家人都是反动派的污名，这一刀下去自己这个最喜爱心疼的儿子的前程就彻底毁了！所以父亲拦住了儿子。儿子给父亲解了围，父亲给儿子兜了底。

但事情远没有结束。那些蝇营狗苟的人虽然再不敢当面去触犯陈家人，但是背地里的龌龊招数就开始酝酿，就像无数个宫斗剧一样。当正面的碰撞被血勇所粉碎，背后的阴谋报复开始犹如藤蔓般慢慢开始滋生了起来。先是陈家的孩子杀了人的谣言开始传了起来，这个好在没有实际的证据倒也没有掀起什么风浪。后来陈燮中初中毕业以后，在担任副厂长的哥哥所在的石棉厂里做学徒。那会儿国家的工业化程度低，石棉厂的产能不够，几乎一天 24 小时都处在开工状态。陈燮中毕业后又处在"文化大革命"期间，几乎大部分学校都停了课，他就跑去石棉厂帮忙。厂子里因为开足了马力在搞生产，机器滚筒上的一个磁条老是坏，为此严重耽误生产进度。于是陈燮中就琢磨着学习自己做磁条，学会了以后就在家里开了个小作坊专门做磁条供给石棉厂。就是这么个事情被造反派们知道后，他们准备把"陈燮中是资本主义复辟的走狗的谣言"给传播出去。这个帽子可就大了，甚至比真杀了个人还要严重。杀人至少没有证据也就停留在传言的层面，可资本主义复辟的苗头一旦出现，无论有没有都必须被扼杀在摇篮里。

幸运的是，造反派里面有一个人是陈燮中的姐夫，也是里面的一个小头头。他给陈燮中通风报信的时候，当时陈燮中正和一家人坐在一起吃晚饭。听闻这个消息饭自然是吃不下去了。一家人商议了一会儿，就决定让陈燮中连夜出发。他们不敢想象这个消息传出去以后，明天会迎来什么样的后果。走吧，走得越远越好！当时正是国家号召大家去支边的时候，陈燮中背着个简单的行囊跳上了往北的火车。这个江南水乡的少年，一辈子没有走出过石门镇，没有去过余姚，也没有到过杭州，甚至连红绿灯都没有见过，但是他第一次出门就是去北京，一走就是上千公里，反正毛主席在北京，反正自己也没有别的地方可去，那就一路向北吧！

02 · 在路上

在陈燮中的记忆里，那时候的绿皮火车上都是和自己一般大的年轻人。每张年轻的面庞上都写满了理想、热忱和青春。志同道也合，所以车厢里都是年轻人们的欢声笑语。车厢里连地上都坐满了人，大家都挤在一起，虽然条件艰苦些，但是这些年轻人对当下的环境根本就不在乎。他们谈论的是对到达同一个目的地——北京之后的畅想，他们之间的话题是革命、解放和诗歌。陈燮中的边上就是两个南宁红卫中学去往北京的姑娘，一路上三个年轻人聊得很尽兴，感觉就像很多年的朋友一样。在那个时刻，陈燮中早已忘记了自己跑路的身份，他在两个姑娘的嘴里得知她们是去北京接受毛主席检阅的，她们响应主席的号召去支边。陈燮中决定跟她们结伴一起去见一下毛主席，哪怕是远远望一眼也是好的。到了北京，他们被安排在某个中学的接待站里，第二天主席就要接见他们。晚上的时候三个年轻人都失眠了，那种感觉既激动兴奋又有一些紧张。两三点的时候，他们就起床了，起来以后接待站还给每个人发了面包、鸡蛋和一水壶的水。

一切准备就绪后，陈燮中就跟着大部队开始出发，从住的地方去往天安门应该有十五到二十公里路。走了两三个小时，到了之后是中午十一点左右，终于轮到陈燮中他们走过天安门，人特别多，大家都想在毛主席视线范围内多停留一会儿，陈燮中记得他跟着大家一起向天安门城门楼的方向拼命挥舞着手，喊得声嘶力竭，都没有听清自己喊的到底是什么。直到现场维护秩序的解放军官兵让大家继续往前走，陈燮中他们的队伍这才缓慢地走过了天安门。既然见到了主席，自己必须义无反顾地响应他的号召，去祖国的大好河山支援边疆建设！

陈燮中的支边生活始于我国北方某个军事化管理的农场，江南少年一路往北，终于来到了我国的北方——内蒙古克伦旗后旗。当时中苏关系紧张，所以农场实行的是军事化的编制，一个农场就是一个营。他所在的总厂大概就是一个团的规模，下面就是分厂。陈燮中那个时候被分配在了六连，做了三排的排长。因为是部队编制，所以军农两手都要抓。农闲的时候，大家早上起来定点要进行军训，练习打枪，练习跑步，许多军事训练项目被安排得满满当当。但陈燮中的苦难这才刚刚开始，身体上的劳累尚能克服，但是当北方冬天到来的时候，这个江南的青年这才真真切切感受到了什么叫环境艰苦——当地的冬天温度在零下三十多摄氏度，整个地面的水分都被牢牢冻住。那个时候住的地方也没有洗手间，一个连队也只有一个洗手间。说是洗手间其实就是农村常见的茅坑，上面搭个草棚，下面就是挖出来的坑，边上放两块木板供人踩踏着。冬天的时候，木板被冻住了，往上一站，脚劲要是差些的话都有可能会掉下去。晚上太冷，大家都不愿意去厕所，小便就在门口解决，刚刚出去的小便瞬间会被冻住。这些都是让陈燮中印象深刻的地方。他记得一般冬天出门的时候一定要戴上皮帽子，即便呵护得很严，每呼吸一口，他的眉毛上、帽子上都会结出冰做的霜花。刚开始的时候，不要说说话了，连呼吸对陈燮中来说都是一件很困难的事情。

那个时候工资大概是 18 块钱。但是男人的话，在那边 18 块钱全部用掉可能都吃不饱，女人的话有十二三块钱就够了。为什么呢？女的吃得比较省，她们可能回家的时候，家里边的猪油熬好带回去，吃饭的时候饭里边弄点猪油拌一拌。另外她们自己也会烧。那个时候实际上农场里边的东西还是蛮便宜的，鸡蛋 5 毛钱一斤，农场里边蔬菜也都很便宜。这帮女孩子可能买点鸡蛋蔬菜到时候自己烧，比男生会省钱。

尽管这样，陈燮中从来不会埋怨什么，这个瘦弱的江南青年是整个连队里干活干得最卖力的一个。无论是锄草、割麦子、割苞米，陈燮中都是连队里最勤快、完成得最快的那个人。北方的田地跟南方不太一样，那边的一块田可能至少就有两平方公里，有的田占地有五平方公里，所以一眼望去，北方的麦田根本看不到边际。虽然这样重复繁重的劳动根本看不到头，但是陈燮中的心里却从来没有绝望过，他只相信父亲临走前跟他说的一句话："付出总是有回报的。"所以他凭借着自己出色的工作当上了排长。在祖国偏远的边疆相对莽荒的地方，陈燮中深深地相信只要自己能干而且干的活儿还比别人多，自己就有机会当上排长或者连长……想家的时候，陈燮中会发个电报回家。电报来回的时间很是漫长，那都是他在想念家乡和亲人的绵延。

　　陈燮中的勤奋被指导员看在眼里，这个江南来的青年不但没有像他担心的那样成为劳动上的拖累，反而成为连队里最能干的几个人之一。除了勤奋，很快指导员就注意到他还有修理机械的天赋——那个时候，农场里有一些之前从苏联引进过来的机械化设备，比如收割机、锄草机等。遇上一点小的故障，连队里的大老粗们就手足无措了。陈燮中凭着少年时代在哥哥工厂里学到的一点机械修理上的技能，三下两下就把这些小故障排除了。虽然也没有什么特别高深的技术，但是在当时的连队里已经惊为天人了。加上陈燮中又是团员，很快指导员就把他调到了机械修配厂里干活儿。这下连队里的同志们都很羡慕他了，毕竟在厂里干机械修理可比在外面风吹日晒要舒服得多。从那个时候起，陈燮中深深地觉得无论任何境遇下都要做好准备，迎接可能会来的变化，迎接每一个能抓住的创造美好生活的机会。

机会很快就来临了，因为"文化大革命"而中断了的求学生涯迎来了转机。陈燮中当时是第一批工农兵学员之一，他紧紧抓住了这个机会，由于在机械修配厂表现出色，他被推荐从机械修配厂到长春地质学校去读中专。由于当时刚刚恢复教育制度，入学考试就是象征性地考一下，更多的还是靠领导们的安排。陈燮中因为在机械修配厂有基础，所以顺利地被安排到了机械系。

站在学校的门口，陈燮中感慨颇深，他的这十年是从逃亡到仰望，从仰望到燃烧，从燃烧到苦难，从苦难到坚忍，从坚忍里终于又看到了希望。上一刻还在零下三十多摄氏度的边疆开垦荒田，下一秒站在学校校园的门口迎接那失去的十年，这对他来说就像一场虚幻又缥绷的梦境。后来，陈燮中才发现支边这些年对他来说是一笔巨大的财富。他说："经历过知青和支边的人，大都比其他人能吃苦，他们有异于常人的坚强与韧性，那些都成为将来迎接人生挑战的资本。"

03 · 南归

"文化大革命"接近尾声的时候，陈燮中开始了自己的校园生活。因为在连队里做过排长，所以他担任了班级里的班长和系里的团总支书记。求学的日子总是阳光灿烂的，校园里也开始逐步恢复了应该有的安宁和秩序。在陈燮中的印象里，学校里的老师们大都是"文化大革命"的老知识分子。也许他们中的大部分在"文化大革命"期间受到了批判和摧残，但他们的信仰没有崩塌，甚至都未曾动摇过。当运动结束，他们仿佛像没有发生过任何事情一样回到校园里继续执起教鞭开始讲课，上课也好，备课也好，都是极其认真和投入的。他们始终忠于自己的工作，好像没有什么力量可将他们摧垮。

　　系统性的知识被源源不断地灌输到陈燮中的脑海里。这个野路子出身的机械修配工这才发现自己之前的那些小聪明在真正的人类知识图谱的一隅前有多么渺小。他就像一个在零下三十多摄氏度的雪地里行走的人突然遇到了一堆篝火一样，围坐在真正的知识面前不愿意再起身了。在伟大的真理和真知面前，没有人能够直起身来。陈燮中，这个历经千帆归来的血勇少年卸下沉沉的铠甲，回归到了真正安宁的生活中去。也许在那个时代的校园里，有无数个像他一般经历的青年，倦鸟归巢，丢弃躁动，传承薪火。冰雪消融，知识又开始重新燃烧起来。

　　在校园生活里，除了对知识的渴求，陈燮中发现自己有了另一种奇妙的、之前未曾有过的感觉。由于他所在班级是机械系，所以全班三十多号人一共只有六名女生，他是班长，平常和班上的宣传委员、一个名叫杨紫华的女生因为班级事务打交道比较多。那个时候他还没有意识到自己情窦初开，但每一次和杨紫华的接触，他隐隐觉得自己的心跳得越发厉害。杨紫华不是班上最漂亮的女生，但是她好像自有一种气质牵引着陈燮中的心弦。她来自北京的大户人家，后来陈燮中才得知杨紫华的父亲是外交部的领导。杨紫华不但人长得漂亮，而且能歌善舞，琴棋书画更是样样精通。她的谈吐之间展现出来的修养、一言一行自然得体让陈燮中仿佛看到了另外的世界。那是之前自己在冰天雪地没有见过的温暖舒适，那是自己在江南潮湿的水乡里没有见过的爽朗干脆。青春期的陈燮中发现自己更加难以自拔了，他除了学习的时候，脑子里都是杨紫华的身影和声音，直到在每个春风沉醉的夜晚沉沉地睡去……

那个时候，陈燮中用业余的时间学会了拍照，他和杨紫华经常给班级里拍一些照片。那个时代的照相机拍好照片是需要到暗室里去冲洗成片的。和杨紫华单独在暗室里的时间久了，陈燮中有一种强烈的冲动——他想抱一抱眼前这个女孩，他想牢牢牵住她的手。女孩在操作台前很认真地洗着相片，有几根柔柔的发梢垂到了陈燮中的手背上。陈燮中心里的念想越来越强烈，在见不到一丝光线的房间里，在几乎没有任何声音的空间里，他起了一身的汗，好一阵漫长的心动。女孩仍旧是专注于她眼前的事情，好像根本没有察觉。陈燮中的手伸出去又缩回来，循环往复，好像灵魂和身体之间在不停博弈。最终，还是理智战胜了情欲。他在中专期间最终也没有和朝夕相处的这个女孩抱一抱、牵牵手，甚至都没有开口说一句"我喜欢你"。很多年以后，当两人都已步入人生后半程的时候，他们在北京相聚，他跟她说："那个时候我真的想抱一抱你，牵一下你的手，却始终下不了决心。"

杨紫华说："那当时，你为什么不抱我呢？"

陈燮中想了半晌说道："可能人的前半辈子都在害怕失去，后半辈子都害怕拥有。那个时候，怕你万一不同意，连朋友都没得做吧。"当他们在北京握手告别的时候，两人拥抱了一下。虽然完成了当年想到发疯都没有去做的事情，但是那仅是礼节性地客套与寒暄，再也不复当年的心境。很多时候，欲望和灵感一样，乍然出现，突然消失，能不能抓住转瞬即逝的心境就要看当时的抉择了，如此种种，我们统统归纳叫作缘分。

时间再倒回到陈燮中的学生时代——中专毕业以后，陈燮中留在了长春地质学校当老师。后来因为当时的政务部门百废待兴，而刚刚结束的"文化大革命"导致人才上出现了断层，所以上级部门把陈燮中调到吉林省地质局。因为他学过机械，所以他在地质局管理吉林省的所有地质机械设备。就这样，相当于陈燮中从学校的事业编制变成了政府的公务员编制。陈燮中的人生正在一步一个脚印踏实地往下走去，父母也已经被平反，如果没有意外的话，陈燮中应该会留在长春好好发展。当时的长春是我国重工业的基地，经济建设和城市化进程异常迅速，当时长春的大型企业很多——中国第一个拖拉机厂、长春汽车制造厂、长春电影制片厂……如果按照现在的标注来对比，那时候长春就是个大都市，而陈燮中的家乡浙江的省会杭州反而更像是落后的那个。但陈燮中的内心却始终惦记着自己的家乡，那个河道密布、大家说着吴侬软语的地方，那里似乎有种说不清道不明的魔力在他耳边不断召唤着他回家。

在吉林省地质局工作的时候，陈燮中谈了个女朋友，她是长春市人民医院的医生，一个性格乖巧听话的女生。两人在一起的时候，并没有迸发出巨大的激情，反而像是一对相识多年的朋友。在每个礼拜天的下午，他们会在寝室里讲一些各自生活里的见闻，然后再一起去楼下的小饭店里吃个晚饭，饭桌上聊上一会儿不咸不淡的闲篇，吃完饭陈燮中会送她回家。在我国东北零下二十多摄氏度的天气里，他牵着她的手穿过长春市有名的斯大林大街，穿过下着雪的冬日的夜晚里家家户户透着灯光和炭火的窗户。他记得两个人的鞋子踩过积雪发出的"吱吱呀呀"松软酸拧的声音，他记得两个人的手虽然紧握却一点儿都感受不到彼此的体温。这样的日子虽然安逸舒适，这个女孩虽然娴静而温存，陈燮中却发现自己想要的竟然还是回到那个曾经逃离出来的家乡。少小离家老大回。

也许在陈燮中的骨子里始终有一种"在路上"的精神，他受不了长时间的安定枯燥的日子。很快他又迎来了转机，在吉林省地质局工作的时候正是我国计划经济的时代。他在物资处里管物资，经常要参加全国的订货会，各个省的地质局都会来参加。也就是在这个订货会上，陈燮中认识了浙江省地质局的处长，因为都是老乡，加之他又年轻勤快，很快两人就交上了朋友。地质局处长告诉陈燮中浙江有个地质学校，可以先调他去地质学校工作。陈燮中想想，就毫不犹豫地点头同意了。他问过女孩的意愿，在得知她没有跟他回浙江的想法后，陈燮中和姑娘告别，然后收拾了一下本就不多的行李，背着背包再次出发。时隔多年，那个北渡的少年终于南归。

04·西渡

陈燮中提前打了电报给父母，在登上开往南方的列车之前他又深深看了一眼这片自己曾经奋斗多年的北方土地。辽阔苍茫的空地上种着许多高大的云杉树，枝叶茂密不畏严寒，在云杉树之上是自由迁徙的鸟儿，孤勇的鸟儿终于归巢。

陈燮中的父母在杭州火车站接他归来。在杭州的第一个夜晚，他和父母兴奋得都没有睡觉。他们围着西湖整整转了一圈，他们好想要把彼此之间这么多年发生的故事全部讲完，但又怎能说得完呢？

陈燮中在浙江省地质学校待了两年，然后调到浙江省地质局担任设备管理。那个时候，杭州的支柱性产业几乎没有，旅游业还未兴起，互联网行业压根还没有发芽。浙江省地质局当时是栋三层的楼房，就在市中医院对面，已经算是周围最高的建筑了。陈燮中在单位里做起事来驾轻就熟，这些都是自己在长春做过无数遍的事情了，他的舒适区又一次提前到来。

1977 年，中断了十年之久的高考制度终于恢复。陈燮中那颗沉寂已久的心又开始躁动起来。虽然之前自己在长春读了中专，但当时教学条件相对简单，自己虽然已经拼命汲取养料，但是终归所学有限，没能读大学始终是他心中的一个遗憾。当机会来敲门的时候，他很快就付诸行动。他一边工作一边自学参加高考。1984 年的时候，他通过考试被武汉地质大学录取了。

地质局的领导们觉得这个年轻人能够考上大学，有培养的潜力，所以也开明地给他开了绿灯——同意让他带薪去武汉读大学。在路过武汉长江大桥的时候，意气风发的陈燮中留下了一张合影。合影里的他穿着西装，整个人散发出自信和干练的气质。

陈燮中的人生截至目前有三个转折点。第一个转折点是下乡支边；第二个转折点是去上学读书；第三个转折点是第二次求学，也就是到武汉读大学的经历。他认为第三次转折点更为重要，不但提高了自己的整体素质，也加深了自己对社会各方面的认知，因为目前的陈燮中实战经验有了不少，再去学的话更能有的放矢，自己知道需要汲取哪方面的知识了。不像之前从北方的农村去长春的时候完全不知道想要的是什么、想学的是什么。工作了这么久，陈燮中从长春地质学校当老师，又到吉林省地质局，再调到杭州地质学校，又到浙江省地质局工作，经历四个单位的历练与磨砺。这次来武汉读大学，他对于自己的要求和目标定得更高，人生的理想也就更加明确了。

在武汉读大学期间，除了在常规的学习陈燮中如饥似渴以外，他加入了中国共产党。他的朴素想法是自己应该入党，因为是党培养了他，给了他很多的机会，所以在学校期间他就写了入党申请书，在校期间成为预备党员，后来回到单位以后转正了。

校园的生活陈燮中尤其珍惜。只有他这样在社会上历练过的人，才懂得学习的可贵，所以连暑期的时间他都不放过。放假期间别人都回家去了，陈燮中却在汉口饭店进行暑期实习。他把饭店里的各种岗位都体验了个遍，先当服务员，再当楼层组组长，然而是总台，后来又担任总经理助理。连续两年的寒暑假期，陈燮中都在汉口饭店实习。汉口饭店从领导到服务员都发自内心地喜欢这个勤快的年轻人，大家也都慢慢成为朋友。除了做事，陈燮中还会通过现象看本质。临别的时候，他给饭店在管理方面提了不错的意见，而饭店里的领导们也给他写了评价很高的实习鉴定。这些都成为陈燹中未来路上的助力。

1987 年当陈燹中学完回到浙江省地质局的时候，改革开放的春风已经来到了杭州。在地质局物资处没待多久，上级就安排他去地质局的宾馆担任总经理。可能是上级看到了汉口饭店的推荐信，才做了这样的决定。对于陈燹中来说，这不得不说是个无心插柳得来的机会，总经理是正科级的，因为隶属于国家单位，是有行政级别的。陈燹中在宾馆干了两年，宾馆从原来的脏乱差、各方面都不规范，到最后成为地质系统的先进单位。浙江电视台、浙江日报等媒体都曾以此为样本进行报道。这两年对陈燹中来说是从实践得出真知的两年，他把对于事务工作的理解升华成为企业的管理、企业的规范、企业的营销。两年后，围墙被推倒，政府也要进行改制，地方上要成立一个中国地质实业开发公司浙江分公司。这个时候陈燹中因为在宾馆里有过公司化管理的成功经验，组织上让他去担任浙江分公司的总经理，这等于说又提升了一级，成为副处级干部。在这期间，他各个方面工作又都表现优异，很快部里面有个中国地质技术开发有限公司想在杭州设立分公司，后来上级决定还是让陈燮中来兼任这个总经理。这样一来，陈燮中开始享受正处级干部待遇，那个时候，他仅仅三十多岁。

从1984年去求学到1987年归来，只过了短短的三四年时间，从一个科员到成为正处，等于说三年时间升了三级。陈燮中把自己的提升归因于在武汉学习的这段经历，因为自己去学习了、去充实了自己，有目标、有理想、有上进的意识，所以才会在事业上不断进步。

也许按照寻常人的思维，三十多岁就成为正处级干部的同时身兼两个总经理职位，陈燮中未来只要没有大的偏差，一定会在体制内有很大的作为，前程似锦。但是始终在路上的陈燮中又将迎来一次新的变化，不躁动不成活。

05 · 下海

体制内的生活并没有让陈燮中的热血平缓下来。他40 岁左右的时候正好迎来了下海潮。陈燮中并没有因为自己已是中年就放弃这个弄潮的机会，很快他就辞去了体制内的工作投身于下海的浪潮中。下海对于陈燮中来说就是他的第四个转折点。

下海以后干什么呢？陈燮中还是做了自己的老本行，做物资吧，那是他熟悉得不能再熟悉的领域。因为之前跟钢铁厂和全国各省市的地质局物资处的关系都比较好，而且建立起了比较深厚的信任基础，所以他觉得自己的能力还是在连接计划经济向市场经济转型的空当期。那个时候由于国家倡导向市场经济转型，很多地质局的物资周转不过来，所以陈燮中就从钢铁厂进货再销售给各个省的地质局，这成为陈燮中下海过程中的第一桶金。

现在陈燮中住的中山花园，当时也是做钢材生意后，在 1996 年买入的。当时绿城的宋卫平先生在中山发展公司担任副董事长，彼时陈燮中在做钢材贸易跟中山发展公司也比较熟悉。当时发展公司向陈燮中借钱，后来用 50 套房子抵给了陈燮中。所以在 1995 年的时候，陈燮中可能是杭州市拥有商品房最多的人，直到现在他还有 20 套左右的商品房。他响应了国家"房子是用来住的不是用来炒的"的号召，卖掉了大部分房子，剩下的租了出去。

后来，陈燮中还开过典当行，也是浙江省恢复典当行审批以后的第一家。再往后，他还开过珠宝公司，还做过两个房产项目，各种各样的事情他都想体验一遍。

退休以后，陈燮中终于有时间做自己喜欢的事情了，比如跑跑步、喝喝茶、上上学。虽然这听上去轻松，但是对于陈燮中来说，要么不做，要么尽全力做到最好。比如跑步对于老陈来说就不是简单的跑步，而是永远在路上的一种发自灵魂和骨子里的召唤。所以他退休后开始进行马拉松训练。开始的时候跑 100 公里，老陈咬着牙坚持到了终点，脚上的血泡都破了跟袜子粘了一起，连袜子都脱不下来。老陈在心里对自己说："老陈你肯定行的！"所以跑的过程中，他不去想跑步这件事外的任何其他事情，包括痛苦。后来他跑马拉松，完成了全球 6 大满贯，就是说他跑完了所有顶级的马拉松赛事，包括波士顿、纽约、伦敦、芝加哥、东京等全部的赛事。在 2019 年上半年还去跑了北极的赛事，他也能坚持下来。中国现在能够完成 6 大满贯的总共就 350 多人，浙江省专门有一个完成 6 大满贯的群，每等一个勇者完成大满贯，就把人拉进群，现在这个群目前有 9 人。对于陈燮中来说，在路上始终是他的信仰，跑步给了他全新的血液和生命力。

陈燮中退休后的另一件事就是重新上学。他一路走来一路坎坷，但上学给了他改变自己命运的机会，所以退休后他又开始重新求学。他有自己的小目标——那就是终生学习。2010 年秋天的时候，陈燮中去读了复旦大学硕士研究生。2012 年，他从复旦大学毕业，毕业以后他仍旧没有停下求学之路，又去读了复旦大学和香港城市大学合作的金融管理博士。总共 4 年时间，读完以后复旦大学发了博士学历证书。读博士的时候，陈燮中坦言对于他这个年纪来说还是有点吃力的。两年上课，两年写论文，10 万字，不但要进行数据分析，还要做模型。但他又一次咬着牙坚持了下来。通过人生中的第三次学习，陈燮中感受到自己对于外界的认知和了解又不一样了。通过学习，他在知识爆炸的时代和互联网经济的时代又一次站在了潮头。通过学习，他始终紧跟着时代的脉搏。

现在每年陈燮中还会资助 20 个贫困学生，帮助他们完成学业。虽然他们也有国家的补助，但是国家补助只能是保证他们基本的生活和学习。为了使他们更自由地、更轻松地学习，他每年也会资助他们。他想自己以前也是这么苦过来的，所以现在有了能力，应该为社会做一点奉献。后来他跟长江商学院的同学成立了浙江省阳光教育基金会，专门资助贫困学生，还有劳改犯的子女……这也是陈燮中这个共产党员的信仰与坚持。

对于陈燮中来说，人生就是一场马拉松，而他就是那个步履不停、永远在路上的血勇少年。

命运接力赛

在姜雨田的眼睛里，这个世界上所有的道路都不是平的。按照他的理解，没有一个人的道路是平坦的，平是相对的一种状态，不可能存在绝对的平。现代社会科技发达，所以即便是在一条看上去很平直的道路上，如果用精密的水平仪器去测量，那看似平直的道路也还是有高有低，不能完全平顺，只是在感官的世界里无法被人察觉罢了。这些无法被察觉的相对或者绝对的道路，我们通常称之为命运。

姜雨田认为大多数人往往会夸大那些绝对的事物，

而忽视了自己好不容易拥有的东西，这样他们会觉得生活得很累，而他自己一直生活得比较轻松，因为他把握的是相对的事物，他允许差异的存在，这些他认为叫作知足。当然，古人也有关于这个状态不同的描述，比如逆来顺受，比如随遇而安，每个人对于事物的理解并不完全一致。

对于他来说，命运就好像是一场接力赛，他自己就是那根接力棒。每每到关键的时候，总会有"看不见的命运之手"把他从一个阶段交付到另一个阶段当中去。他说："我这个人运气好，从小到大，从事不同的行业总会遇上贵人的。"

01·读书种子

在姜雨田人生的不同阶段，他尝过了人生不同的滋味——酸甜苦辣咸。这些都是生命所必须经历的。在他最开始的时候，记忆最深刻的味道应该叫作无奈。

姜雨田家祖祖辈辈都是农民，面朝黄土背朝天，一代代的姜家人都生活在农村里。他们从来不觉得生活是苦的，因为苦是相对的，那些在别人眼里的苦，在他们眼里都是再正常不过的事情。

这个境况一直持续到1962年，姜雨田小学毕业开始读初中的时候发生了改变——那个时候，恰逢整个国家刚刚从"三年自然灾害"的困难时期中走出来，姜家的物质条件还一下子缓不过神来。就像勤劳朴实、坚忍顽强的中国大多数农村家庭一样，他们在顺利的年景齐头并进，谋家族以兴旺。在苦难的年景，他们又会拧成一股绳，不惧以个人牺牲让家族血脉得以延续。

在当时村子里的小学，能够考上初中的一共只有四个人，姜雨田便是其中之一。在他的记忆里，初中的第一个学期是快乐而且痛苦的。每天，天刚蒙蒙亮，村口的那只老公鸡都还没来得及鸣上一嗓子，他就要起床准备去上学——从家走到学校直线距离只有五里路，但实际上需要走三十里路，这对于姜雨田来说不啻于每天都要经过两次长征。如果锅里有隔夜的剩饭，他就匆匆扒上两口就出门。但锅里通常所余不多，这也不能怪姜雨田的父母对他不尽心，对于一个七口之家来说，姜雨田的父亲已经在勉力支撑了，但是粮食却怎么也不够。所以姜雨田经常忍受着饥饿，走在阡陌纵横的田间坝头。和饥饿抗争得久了，那种胃里巨大的空虚感成为他的朋友，让他对于遥远路途的艰辛慢慢麻木。他有时候会苦笑着摇摇头，想着老师说的能量总是守恒的这句话真是有道理啊！这不，要么是饥饿折磨着自己，要么就是劳累折磨着自己，两者必居其一。

他走得飞快，好像在和一种存在于潜意识里的恶魔赛跑，不论是饥饿也好、劳累也好，好似只要他能尽可能走得快一些，就能把它们甩在身后。草鞋随着步伐的加剧在他脚底摩擦出一个个水泡，轻薄的草鞋在路上踏过无数个小水坑把泥浆溅到他的小腿上，有的时候草鞋承受不了他迅捷的步伐断了开来……这些他都毫不在乎。学校就是他这场赛跑的终点，只要能够撞线，快乐的时光就开始了——课堂上的知识让他有一种身在井底却能观天的通透畅快的感觉。踏入学校的那一刻起，痛苦消退，快乐升起。

所有的快乐即使短暂也不是无代价的，这便是人生极大的痛苦。很快，有两个弟弟和两个妹妹的姜雨田觉得自己不能再读下去了，他面临着两杯毒药。一杯是自己继续读下去，代价是年幼的弟弟妹妹放弃学业下地干活；一杯是自己放弃学业，但家族会保留更多希望的火种。对于一个农民的儿子来说，这没有什么好犹豫的。退学的决定如此坚决以至于让知识分子出身的校长和老师非常诧异，甚至他们把姜雨田辍学的决定归结于他父母的强迫——姜雨田品学兼优，在校长和老师眼里天生就是个读书的好苗子，他们认为肯定是姜雨田的父母逼着他下了这个决定。姜雨田跟两位可敬的师者解释了自己的决定，虽然他们还是觉得很可惜，但是至少他们理解了姜雨田的说法。

辍学后的半年，姜雨田和祖祖辈辈一样，开始下地干农活儿。就在姜雨田自己都快认命的时候，初中的校长找到姜雨田——1963 年的时候国家有个政策，就是适龄的农村儿童如果不能上学，国家希望通过各种手段把他们组织起来给他们学文化扫盲。本来学校里的师资就不够用，扫盲的师资那就更是巨大的缺口。可敬的校长脑海里一直念念不忘姜雨田的名字，正好趁着这个机会来找姜雨田去教书当兼职老师，按照杭州本地人的说法是 8 岁带 7 岁。倒也不怕姜雨田能力不够，他的刻苦和读书的天分让校长觉得肯定没有问题。

当扫盲老师是一方面，另一方面校长心里还是觉得让姜雨田能够通过这个机会离读书近一些，才不辜负他的天赋。他想给姜雨田保留一丝读书的火种。从此以后，姜雨田就在村子里的小学开始担任起扫盲老师，白天大家需要劳动，扫盲的课程通常安排在晚上。这位吴姓的校长经常专门吃了晚饭后，来学校听姜雨田上课，遇到姜雨田也不懂的问题，他就连带着姜雨田一起教起来，那个时候姜雨田还小，不懂吴校长的苦心，以为他只是来监督大家。现在再回想起来，这位可敬的吴校长分明是在给他开小灶。时间过得飞快，姜雨田很庆幸那个时候只是学了一点知识文化就被派上了用处，他不再需要下地干活，在课堂上一干就是一年多。

姜雨田真的很满足了，毕竟能够在课堂上做代课老师那是以前想都不敢想的事，1964年底，事情又起了变化——浙江省下了文件，要在姜雨田所在的县里办一个林业的中专学校，每个地方可以推荐两个人作为第一批学员。吴校长毫不犹豫地举荐了姜雨田，所以他一个初中都没毕业的代课老师居然有机会读中专了，读书的火种终于被吴校长续了起来。吴校长把接力棒交付到下一位跑手身上。

在林专的这段时间，除了学习专业知识，姜雨田在学校认识了一位数学老师。这位数学老师不但精于算术，同时也多才多艺，对于琴棋书画都有所研习，当他得知姜雨田会拉二胡的时候非常高兴，在那个年代会一门音乐技能的孩子实在是少之又少，这得归功于姜雨田的舅舅，在他小的时候教会了他拉二胡基本的技巧。数学老师在姜雨田原本的底子上进行精雕细琢——教他把握音准、把位、弓法，他将二胡的知识乃至乐理知识都传授给了姜雨田。命运的接力赛通过这位数学老师无心之间的这个举动，在未来又助力姜雨田完成了人生又一圈的赛跑。也许就从那个时候开始，姜雨田深刻意识到在人生的长跑中积累是有多么的重要，今天花时间学了一些技能，明天后天甚至明年后年都可能用不上，但是总归在某个弯道它会帮助你完成一次超越。

　　中专读了一年半，"文化大革命"的运动浪潮席卷到了姜雨田所在的地方。一时间，平常和蔼可亲的老师们被拉去批斗，斯文全无。原本还紧密无间的同学们一夜之间也划出了好几个阵营。学校停止了运营，没人管他们这些学生了。眼见着读书的梦想无法延续，姜雨田在这种无奈的情况下去报名参军。第一次去报名因为体检不合格，他被淘汰了，因为当时他有个门牙断裂导致整个扁桃体肿大。后来部队在学校又开办了免费体检，姜雨田抱着试一试反正不要钱的心态再去检查了一番，没过多久入伍通知书就发到了他手上。后来，他才得知他所在的学校的片区，生源非常少，体质也比较差。两个班的毕业生一共70多人，只有两个人参军了，其中一个就是他。

　　1968年那个狂热的岁月，姜雨田迎来自己生命中第二圈的赛跑。那个年代小说不让看，他也不知道部队的生活氛围是怎么样的，于是他就只带上了几个在林专收集来的歌本，因为在学校里无聊且苦难的时候，他总喜欢唱上一会儿歌，拉上一小段二胡。

02 · 部队生涯

到了部队里，姜雨田发现自己跟着数学老师在林专学的乐理知识和那几个歌本马上就派上了用场。姜雨田3月6日到部队报到，3月8日正好连队里的干部们前来看望新来的战士们，也存了考察的意思在里面，大概哪些人放在哪个班上比较合适，一眼扫过去也就能看个七七八八了——谁的脑子灵光活络、哪个战士高大憨厚。最后连长、指导员、副连长、副指导员四个负责人临走之前无意间又多问了一句："你们这里，有没有谁会教唱歌的？咱们队伍里可不能都是大老粗。"

闻者无意，答者更不走心。也许是为了让领导的问题不能走空，一个老兄往前迈了一步，跟干部们说姜雨田会。在这位老兄眼里——反正他看到过姜雨田没事的时候拿着个歌本在那里哼唱几句，那也就跟会教唱歌差不了多少了。跟领导们汇报完了后，这位老兄自己大概都觉得有些没谱，歉意地看了姜雨田一眼。没想到这位老兄的一个冒失举动，却恰好命中了靶心——姜雨田曾经在林专教了一年多的歌，那个时候他们班上的每周一歌都是由姜雨田来负责的。命运的接力赛，由一位粗犷的老兄又完成了一次助攻。

于是姜雨田就被委以重任，主要负责连队里的文艺建设工作。姜雨田虽然在艺术的造诣上并没有多高，但是他凡事都能做得尽心尽力，让大家都可以放心。某次他写了一首歌，被当时部队里的报纸《人民前线》刊登了。按照姜雨田的说法，并不是自己的那首歌写得有多么优秀，可能正好是因为一个新战士写了一首积极向上的歌曲，报纸那头觉得可以拿来刊登鼓舞激励一下其他新战士，于是就给登上了报纸。

姜雨田是不是在谦虚我们不知道，但是当时连队里的领导干部、同志战友可不这么想，那可是实打实的全军级别的报纸在报道自己连队的名字啊！部队里上上下下可高兴了，那个年代的人们把荣誉看得极重，自然姜雨田就被当成了宝贝。但是万万没想到的是，宝贝可不容易藏，有这样的人才在，自然要被派更大的用场了。上级一纸调令下来，姜雨田自己又稀里糊涂地被调到了战士演出队。

战士演出队在当时叫毛泽东思想宣传队，就是电影《芳华》里面的情节和背景。姜雨田到了这个演出队以后开始的任务是"刻钢板"，"刻钢板"是我国 20 世纪六七十年代刻印文字和图案的一种常见的手段，那个年代因为手动打字机的价格昂贵，所以要印刷文字图片经常需要通过"刻钢板"的办法来实现——钢板上有条形螺纹，把蜡纸排铺在钢板上，用铁笔把需要印刷的文字刻在蜡纸上面，完成后再把它装在油印机上进行印刷即可。再然后就是有些简单的曲子会由姜雨田来写，演出的时候他又负责拉二胡，第二年姜雨田又去学了手风琴和大板鼓，那个时候开始，演出队的主要任务开始变成普及样板戏了。

1970 年，姜雨田从一个 1968 年刚入伍的战士被提拔成了演出队的队长。演出队里边还有 1966 年、1965年的兵，无论是资历还是经验都比姜雨田这个新兵蛋子要丰富得多。姜雨田很惶恐，他不知道为啥上级指定了他来做这个队长，别看虽然是个演出队队长，其实已经算是干部了，而且是连职的干部。

直到多年以后，他转业到地方上，遇到了当年一起在演出队的一位战友，这才算搞清楚了原因。战友告诉姜雨田——当时梅副政委找到他，跟他谈话说："本来你们两个都要提的，但是你提不了了，因为组织上已经决定了这次要提的干部是小姜，希望你能理解。"这位梅副主任是当时他们部队上的一个政治部副主任，后来当了副政委。这个人是抗美援朝回来以后就去读了军校，毕业以后他在部队上做政工工作很有一套，不露痕迹、不声不响在幕后给部队培养了很多干部。他提拔姜雨田的逻辑也很简单——他想培养一个俱乐部主任，也叫文化干事。因为梅副政委下面还管着一个排级单位——电影队。这个工作一直是他自己作为文化干事管着的，他觉得姜雨田这个人踏实牢靠，就把姜雨田培养成了见习干事，见习了两年，也就是1972年的时候，姜雨田正式接手文化干事的活儿。这一次姜雨田足足干了六年，直到1978年从部队转业回到地方。

03·音像出版

部队转业回到地方后，由于是干部职务，姜雨田在县委组织部干部科待了四年多。从一个小班子调整到最后县里边的五大班子——就是县委、县人大、县政府、县政协、县纪律检查委员会，这些组织架构的调整和组建，他都参与过。他记得那个时期就是一天到晚考察人，去写考察报告写公布令。虽然姜雨田年纪轻轻，但是识人他还是有自己的一套心得，那是源自林专时期所学的专业，这可能听着有些八竿子打不着，但姜雨田的人生信条就是凡所学所思必将有用！

姜雨田学了三年林业，土壤学、肥料学、植树学、护理学都学过。这些学科，到最后他都没有从事过。植树节上普通人种树其实是形式大于意义，管种不管活的。把树种下去就行了，其实栽树只是一个简单动作，想要树活得好背后自有一套逻辑，只是大多人并不知晓罢了。但是林专的这几年学习教会了他一个比专业知识更为重要的朴素哲学观——那就是人就像是植物，都有缺点。有些植物有趋水性，比如竹子就是趋水的植物，水在哪里，竹子的根茎都会往水的方向伸展过去。有些树有趋阳性，阳光照得多的地方，树叶就自然往阳光多的地方生长。那么，在林业学上为了一棵树的材质好，就要在靠阳这边给它修剪掉一些枝叶，保证让阳光能够透过这边晒到背阳的那头，这样才能长势均匀、健康。所以人也是如此，人都有缺点，如果作为一个领头人，只懂得严苛待人，用命令的口吻让下属们去扬长避短，这几乎是不可能完成的事情。人基本上到了十几岁的年纪，性格就已经成形了，再想着去强行改造，扭转人的性格是很徒劳无功、费力不讨好的事情。在组织工作当中，一个有技巧的领导者擅长让每个人发挥自己的长处并能尝到甜头，才能越干越起劲。让每个人尽快暴露自己的缺点，才能在未来的工作中尽量去规避短板。

由于有了这个认知，姜雨田的组织工作干得得心应手，他不单去考察组织上要求他考察的对象，还能在工作中主动挖掘其他接触到的优秀人才，他被县里的两届常委评价为"小伯乐"。某次,姜雨田带着两位老同志一起去一家国有企业里面蹲点,这是家县里面比较头疼的企业,总共500多万元的投资,有500多个员工,经营的是轴承机械加工。但是每年的利润只有一两万元,抗风险能力极差,稍微经营得不好的年份就会出现负债和迟滞。姜雨田他们在蹲点的过程中开始搞企业整顿——开始在基层广泛选举厂长,那个时候虽然大家并没有系统性的企业管理学思维,但是他隐隐觉得这家企业的问题出在带头人身上。后来果不其然,通过厂子里的员工公平选出来的厂长上任后,这个厂的变化很大,开始进入了飞速发展的快车道。而厂长本人在干了短短一年后,就被提拔为当地工业局的局长。在姜雨田这个农民的儿子看来,只有实践才能出真知,只有在基层摸爬滚打过才能理解问题的根本所在。

组织工作阶段性地做完后,姜雨田调到县广电局当局长,那时候他才三十岁出头,然后又是到经济委员会当党组书记。1985年调到杭州，调到杭州后，他先是在浙江省广播电视厅打了十个月杂。当时广播电视厅的厅长是个很有水平的人。浙江的广电事业发展在全国来说都处于领先地位，包括卫星上天都是他的功劳。姜雨田命运的接力棒来到了厅长手上。他拿了两个岗位让姜雨田挑选，一个是到人事处协助处长搞干部调配，算是发挥他以前的特长。还有一个就是到音像管理处搞音像管理。姜雨田毫不犹豫地选择了音像管理的工作。他知道如果想要当官就应该到人事处去报到，但他知道什么适合自己，因为他是军人出身又是性格比较直，不会拐弯，所以当官不是他能一直走下去的方向。

到了人生的这个阶段，姜雨田对自己有了一次透彻的总结，他觉得自己的起点没有别人高，天赋也没有别人好，自己所依仗的只有两个字，一个是"诚"字，诚实的"诚"。一个是"勤"字，勤劳的"勤"。只有把这两个字贯彻到自己的人生中，他才能够成就一些事情。

比如，这次去音像管理处的决定就是这两个字的绝佳体现。"诚"不但是待人以诚，也是待己以诚，他清醒地知道自己擅长的、想要的是什么，哪怕放弃的是仕途和权力都在所不惜。

姜雨田去了音像管理处后，发现虽然是个处级单位，可处里一共就两个人，一个副处长是自己的头儿，另一个就是自己了。姜雨田待自己的领导以诚，他跟副处长坦言了自己的性格和做事风格——副处长年纪已经 52 岁了，所以自己肯定会在工作中尊重他、服从他。不单单是因为是他的领导，也是因为姜雨田军人的背景，下级服从上级理所应当。但同时，姜雨田也表示自己比较耿直，在工作中会有一说一，不会放弃自己的人格和主见。两个人经过坦诚交流后也做了分工，副处长主内坐办公室，姜雨田主外跑市场。姜雨田对待音像管理工作有一句话的理解："管而不死，活而不乱。"他把这句话的精髓和要义充分运用到了音像管理工作当中去。

为了搞好音像管理工作，姜雨田用的是一个"勤"字。当时浙江全省一共有八十个县、十一个地市，他跑了有六十七个县，花了一年多时间。平均下来，一个礼拜他会跑五六个县。跑这么多地方，姜雨田是为了深入了解这个行业的情况，在当时中国的音像行业有着极强的中国特色。20世纪八九十年代的中国大街小巷随处可见街边的录像播放室，中国市场把录像当作电影在播放，并收取门票，生意火爆，这种现象在国际上独一无二。

经过姜雨田的调研，他发现，全世界录像机和录像带的普及率我国应该是排在第一位的。录像机是美国人发明，日本人花钱把技术买过来以后在中国台湾生产，然后在东南亚和东北亚进行销售，主要的销售市场是中国大陆。面对这个情况，姜雨田心里很矛盾和纠结，录像带很明确——家庭影院是不可以以商业售票的形式进行交易的，但现状就是在国内明摆着把录像带当成小电影在售票，基本上花个几块钱就可以看一天。这是因为当时我们国家还没有加入国际版权组织，也就没有人来管这个现象。

怎么办呢？姜雨田想，没有人来管，那自己就是来管理这个事的，所以他们内部讨论后决定用音像出版的方式，通过正版录像带租赁的模式来打破传统录像厅的这个现象，市场抓手才是最高效的管理方式。一旦想明白了，姜雨田的"勤"字就像一台最强功率的发动机一样飞速转动起来——从 1987 年到 1990 年期间，浙江省第一部国外引进片是姜雨田引入的，浙江省的第一部戏曲片的录像带出版是他弄的，浙江省的第一部投入拍摄以后用录像带发行的模式也是姜雨田负责的，浙江省第一个录像带出租点也是他开创出来的。

姜雨田在搞录像行业的时候，有过各种各样的经历。但是说实在的，并不是他比别人聪明，但他一旦做了一行以后对于这个行业本身的投入程度和琢磨钻研的劲头是常人所不能及的。大冬天十一二点钟，他会起来穿上军大衣骑个自行车在延安路上找哪个门面还没有开出来的，能不能想办法租来搞录像带出租用。

这样专注的投入让姜雨田的音像出版事业跑得飞快，感觉就像是幼年时期在家乡的小路上与强烈的饥饿感在赛跑，不过这次是事业上的饥渴感。在刚开始决定做音像出版的时候，音像管理处定了年利润指标是60万元。到了第二年，即便他们想收一收也收不住，最后做了80多万元的利润，第三年160多万的利润。录像带出租是个暴利的行业。在当时，只要进口一部录像带，就能给国家稳赚30万元左右。虽然利润逐年呈阶梯式上涨，但是姜雨田没管国家多要一分钱奖金。事业有所成就的时候，姜雨田就越注重恪守本分。就拿招待费来说，因为当时按规定是可以有招待费的，用于拓展市场和渠道。20世纪80年代末、90年代初，最多的时候一年招待费的额度姜雨田就有20多万元，而那个时候一个普通人的工资才一两百元。但是姜雨田一年10万元钱都用不完，最多的一年招待费也才用了 8 万元。那个时候姜雨田抽烟抽得很厉害，但是他从来没有拿公家的招待费去报销过，他说这样才能做得开心、睡得安稳。请客吃饭是当时拓展市场关系的一部分，但是他也没有大张旗鼓地混迹于酒桌饭店里，除非必要，尽量避免这些应酬。一来伤身体，二来确实不喜欢。当时，全国性的行业会议很多，基本每个月至少两次，全国的会议都是在有名胜古迹的地方举办，住的是三星级以上的酒店，吃得也不差，在这个期间姜雨田交了很多朋友，那个时候各个省的音像出版业的同行都互为代理。姜雨田的观点是生意归生意、朋友归朋友。赚了钱要一分不少地交给国家，交了的朋友则一个不少的是自己的。全国各地都跑过以后，姜雨田觉得还是杭州最好，他给自己定了个座右铭：想吃就吃，不要吃多，想喝就喝，不要喝醉，想玩就玩，不要出格。

04 · 感恩

随着科技的发展，传统的音像出版已经被更高效的信息传播方式所取代，姜雨田这个赤脚跑在乡间小路上的农民的孩子也开始到了退休的年纪，他回望自己的这一辈子蒙受了许多人的恩惠。除了感激，姜雨田这个质朴的农民孩子有个信念，就是一定要去找到他们，当面跟他们说声"谢谢"。以前上中专、参军、工作的时候没有时间，现在退了下来他马上开始付诸行动。

2005 年的一天，姜雨田和当时班级里的班长、副班长三个人一起去看望初中的吴校长，他们坐了一部微型面包车开往当年的那个村庄。他们也不知道校长还在不在、境况究竟是怎么样。曾经一双草鞋走了无数遍的乡土小路早已经不见了踪影，取而代之的是崭新的柏油马路。看到这些变化，姜雨田稍稍有些心安——当年的村庄发展得不错，想来校长的情况应该也不会差。到了村庄，姜雨田他们三人挨家挨户地寻访，功夫不负有心人，他们终于找到了吴校长的家。

找到以后，班长看到校长的第一眼，眼泪就止不住地掉了下来。吴校长从事教育工作一辈子，新中国成立以前就开始教书育人。这么一个做了一辈子教育工作的老教育工作者，正扛着一把锄头，听到他们来的消息后从地里边赶了回来。当时正值五月初，吴校长穿着棉毛裤和棉毛衫，上面沾满了泥土和灰尘。裤脚一只翻卷到小腿上面，一只秃噜在脚踝下边，一只裤腿长一只裤腿短。82岁的老人全然没有了当年知识分子的儒雅随和，生活好像压得他完全喘不过气来。他见到姜雨田三人，花了好半天时间才在三人的协助下记起当年的事情来。也许是因为时间消退了他的记忆，也许是因为他留下的读书种子太多以至于印象并不深刻，他有些木然地领着三人进门。他的家里用家徒四壁来形容并不为过，椅子上坐着的是他的夫人，一个年轻时候温雅娴静的女子如今却因为得了帕金森坐在椅子上直不起身来。他的女儿40多岁的年纪，看到他们进门笑眯眯地搬了个长条凳叫大家坐，虽然笑得很纯真，但是其实能看出那笑容背后的慌张——吴校长的女儿小时候得了脑膜炎发高烧导致精神异于常人。

对于校长来说，现在一家三口人的生活都得依赖于他，退休工资虽然不低但是照顾两个病人却远远不够，他只能放下握了多年的笔杆教鞭，拿起锄头下地把这个家重新扛在肩膀上。他自觉多年一心扑在教育工作上，亏欠了家里良多，现在也是他开始补偿的时候了。家里的一切都要吴校长来张罗，洗衣、做饭等，这个教了一辈子书的男人在生命的最后一段时光里继续忙碌。三人见他忙前忙后，想要张罗一顿午饭给曾经的学生们吃。大家哪里忍心再见他这样，嘱咐、劝慰的话在这个坚强、严肃的男人面前又说不出口，回忆的美好在目前这个境遇下也不再适合追溯。几人陪着校长简单聊了一会儿便匆匆告别，像是路上偶然遇到了老友的寒暄。第二天，姜雨田去县城里买了几百块钱的东西专门送到了校长家里，从此以后他再没有机会见到校长。一是因为难得有时间再回村子里，二的是因为他不知道该如何面对这个如师如父的男人。前几年校长离世的消息传了过来，那天晚上姜雨田做了一个很深的梦，梦里一大片南方刚刚插完秧的稻田里终于开始下了一场雨，角落里一根就快要枯萎折断的稻苗被雨水滋润后，又一次挺直了腰杆……

寻找当年老首长梅副政委的过程更加曲折离奇。1997年的时候姜雨田到广西出差，在柳州专门住了两天想找寻自己的老首长，但是并没有找到。十几年时间过去，到了2010年，当时流行在新浪博客写文章，他在上面写了一篇文章正好提到了自己部队的番号。结果有人在他的帖子下面进行回复，刚开始的时候姜雨田还不太相信这位网友，因为他的年纪太年轻，而且人在柳州，当年的部队里除了老首长并没有其他柳州的战友了。但是随着网上交流的深入，他发现这个人对自己当年待过的部队情况知道得清清楚楚，他打键盘的手开始有些颤抖，他与这个网友交换了手机号码，他郑重地跟对方请求："拜托帮我找下我的老首长。"随后，他把老首长的名字报给了对方。结果到了第二天的晚上，他的手机收到网友打来的10个电话，但是因为那天恰逢姜雨田的外孙出生，他在医院手机静音，并没有接到电话。晚上十点左右的时候，姜雨田看到手机里的来电显示的时候，他有种预感——自己离找到老首长不远了。他怕时间太晚，打电话过去会打扰对方休息，所以他决定第二天一早给对方回电话。他的心情无比激动，睡下去半小时又醒了过来，再睡下去又不一会儿就醒了过来，辗转反侧难以入眠，在凌晨三点多钟的时候，他起床开始写信，大概写了四张纸，把自己离开部队，如何思念老首长，自己后面的工作经历通通都写在了信纸上。写好信，他看了看时间才五点多钟，又痛苦地熬到了六点钟的时候他再也熬不住了，于是他就用颤抖着的手拨通了对方的电话号码。对方，也就是那个网友在电话那头告诉他："我姓梅，我是老梅的大儿子。"

他在电话里要来了老首长家的地址，然后把自己写好的信，认真地签上自己的名字，装在信封里。在杭州清晨七点不到的街道上，行人寥寥。一位老人一步步地走向街对面的绿色邮筒。他颤巍巍地走到邮筒边上，从怀内的口袋里拿出一封包装严实的信封，然后用双手举着信封缓缓放入邮筒的口子里，就像了结了一件朝圣者的仪式。行人没有人注意到他，把信投递出去后，老人露出了欣慰的笑容。后来，姜雨田专门跑到广西去看老首长。前年老首长的儿子儿媳妇带着他老两口到杭州来，当时姜雨田正在读浙江省老年大学，就在老年大学边上给老首长安排了住处。他带着老首长一家在杭州尽兴游玩了一番。姜雨田还计划着，今年下半年等天气再凉爽一些的时候再去看望老首长……

姜雨田和当年在林专时候教他拉二胡的数学老师也一直保持着联络，老师 70 大寿的时候，他召集了班上 20 多个同学给他做寿。老师病危的时候，他儿子给姜雨田打电话，那个时候临近春节，姜雨田专门赶了回去，在床前陪了老师 3 天 3 夜。老师离世后，姜雨田一直把他送上山下葬，姜雨田在老师坟前默默说道："先生，我今天吃的这个饭就是老师您给我的，没有您教我拉二胡我就没有今天的生活……"

姜雨田在自己的历史节点上总能遇到"贵人"的相助，他也懂得感恩，就像雨水和大地的关系，他理解得无比透彻。

现如今，姜雨田这个农民的儿子过上了以前从来都不敢奢望的生活。他住在绿城翡翠城的房子里，边上就是女儿的居所。每逢周末，儿子和女儿会带着下一代过来齐聚一堂，一家人开开心心吃上一顿饭。现在的小区周边生活也方便，姜雨田有时会在饭后走出小区，他能看到小区附近有很多学校，家长们正在外面等着孩子下课，他总会想起幼年时期那 30 里路的一个人的赛跑。他喜欢到边上的西溪湿地公园走一走，那里的青山绿水能让他找到当年乡间小路上急着赶路的时候，闻到的植物清香……

追火焰的人

　　当我们在杭州绿城锦兰公寓的会客厅去见王金祥的时候，是 2018 年夏天的某个午后。天气闷热得像一个巨大的蒸笼，以至于我们走进空调房的时候，像是刚从蒸笼里出锅的饺子又马上被放进了冰箱的冷藏室。

　　而王金祥走进来的时候却毫无我们的狼狈。他像是一个儒雅的师者，上身穿着平仄的短袖衬衫，而下身则是一条熨帖得一丝不苟的长裤。

　　他的讲述伴随着南方人特有的声调，记忆这条时间的鱼儿，就在他平静有力的陈述里潜于水底，奋力往回

溯游······

01 · 少年点火

20 世纪 60 年代的中国，一个比现在更热的夏天，至少在江南水乡绍兴的少年王金祥这么觉得。因为除了季节带来的炎热外，他的面前还有一个煤球炉子。满脸大汗的王金祥正把一沓沓的报纸送到火头上去，好让炉子上铁壶里的水早点烧开，这是少年时代他必须承担的工作中的一件。炎热和炎热相加，心也会煎熬般地焦躁。

生火烧水又显然是个考验耐心的活儿。王金祥百无聊赖地坐在小板凳上等着水烧开的时候，会飞快地翻一翻手上那些马上就快被送上"刑场"的报纸。那时的王金祥识字不多，他有时候甚至痴痴地想，要是喝下这些经由报纸烧开的热水就能马上获得那些纸上承载的全部知识，那该有多好！大人们只要听说谁谁谁家的人喝过几年墨水的时候，嘴上心里都是服气带着尊敬的神态。

可惜这只是少年时代的幻想。于是王金祥看报纸的时候，会把注意力放在纸上的图画上，比起密密麻麻的文字，图画更能让少年想入非非。唯一美中不足的是——图画上的人物千篇一律，都是像父亲般孔武有力严肃认真的形象，看到总容易让他联想到被父亲教训的场景，于是不由得哆嗦一番。所以他爱看带有风景的图画。

今天的报纸上又是父亲般形象的图画居多，所以他没什么特别的兴趣，只是机械地往炉子中又添加了几张报纸。火蛇开始翻卷吞噬起纸张，就像马上要开始一场不可避免的宿命般的燃烧。

王金祥无意间的一瞥，却看见刚送进去的一张泛黄的报纸上，似乎有几张他从没见过的图画。就是这一瞥王金祥好像也被点燃了！他被点燃的前提就是让这张泛黄的报纸不要被点燃。于是他腾的一下站了起来，不顾被火烧伤的危险，迅速把那张报纸从炉子里抽了出来，好在这张报纸刚刚被扔进去，只是边角的地方被烧毁了。王金祥捧着这张报纸细细端详上面的图画，那是一种他从未见过的图画。不是西方资本主义的油画，也不是写意的中国画，画上的人物有趣中又不乏神韵，这种画儿的风格就像一颗子弹准确地命中了王金祥的内心世界，桎梏的玻璃幕墙被击碎了，新世界的大门对王金祥打开。

报纸上的文字表明，这种画的名字叫漫画，画画的人叫丰子恺。漫画、丰子恺，王金祥把这五个字牢牢记在心里。他把这张泛黄的报纸珍重地收了起来。他可能没有想到正是这张被隔壁人家废弃掉的、差点被他用来生火的旧报纸，让他这一辈子都和画结下不解之缘。

02·少年寻火

梦想在现在的社会是个被玩坏了的词，但是在王金祥的少年时代，却是个弥足珍贵的东西。他并不知道这叫梦想，他只是依稀记得自己的少年时代，那个煤炉、那张报纸，以及那团被点燃了的火。

在王金祥的整个初中生涯，他都像发了魔似的去找寻一切关于漫画的信息。他像是一头饿坏了的野马在望不到边际的荒漠里找寻哪怕一丝可能存在的绿洲。但饥饿的感觉到达顶峰会出现幻觉，错把没有养料的荆棘当作草料——王金祥加入了学校的宣传队，他以为宣传画能够成为展现他才华的地方。

可在那个时代，由于革命的使命来到，和平年代却迟迟刹不住车轮，仍想当然地从力量中寻找美感，并试图涵盖一切。所以那时并非没有画，铺天盖地全是宣传画，绘画成为宣传工具，纯美术却绝迹了。王金祥所能看到的，都是体格同等健壮、孔武有力的男女，姿态都是勇往直前，脸上的神色就是班上宣传语上写的那样——团结紧张、严肃活泼。这让王金祥再一次想到自己严厉的父亲形象。

王金祥心里一直有少年时代的那团火，他这一次想按照自己的想法来绘画，于是在整个版面都是宣传画的角落上，王金祥按照自己的想法用粉笔画了一幅自己印象里的漫画。画上是一个面目简单却神情逗趣的儿童，手中挥舞着与之几乎等高的一支大毛笔，在宣传画的映衬下显得异常突兀。同学们都对这个有趣的新奇玩意儿感到新鲜，但王金祥的老师们却不这么认为。于是王金祥的宣传队工作仅仅做了一天，在被老师们批评教育后，王金祥退出了宣传队。

少年的绘画之火并没有出现动摇，火这样的存在，可能会被大风吹得黯淡，却很难被完全熄灭。王金祥虽然退出了宣传队，但他觉得自己离绘画更近了——那天自己的漫画被同学们围观赞许的情况，愈发坚定了他的内心。他仿佛有生以来第一次从镜中看见自己的相貌，嗯，还不赖。整天守在一隅，除了上学这件事，他从不觉得自己与外部世界有其他更多联系。可眼下正在发生的这件事，足以改变他的一生，他有生以来第一次在某件事上找到自信。这种感觉让他畅快极了，以至于回到家中，仍觉有赞许的眼光在身后追随着他。少年怕彷徨，不怕受挫。

王金祥沉下心来钻研漫画。除了丰子恺的画作，他还见识了其他一些类别与风格。但相比之下，最能摄他魂魄的依然是丰子恺的作品。他一遍又一遍地临摹，试图从那些简单的线条中悟出些道理。可毕竟年纪尚幼，且无人引导，他也只能止步于模仿。当你专注于某件事的时候，时间会过得飞快，就在不知不觉间王金祥的初中生涯已经结束。

如果在某件事上，你感觉到了瓶颈的存在，那么试着打碎瓶子看看会有什么样的事情发生。王金祥初中毕业后，上山下乡运动开始了，在绘画上再也没有进步的王金祥，却抓住了机会。他报名入伍当了排长，去往内蒙古建设兵团。他隐约意识到，相比江南水乡那单调的色彩，他将有机会见识到更为壮美的河山，他的画笔早已蠢蠢欲动了。更何况早在少年时期，风景画便是他的最爱。

当你在一方小天地里的时候，你的所见所闻决定了你的上限也只能是这里的小天地。眼界决定上限，从事艺术的更是如此。你心里装着日月星辰，那你笔下的万物皆有江河湖海。当你眼里只有柴米油盐，那你的笔下只能是鸡毛蒜皮。

王金祥虽然仍旧是个少年，却也深深明白自己需要到边疆，需要到更广阔的天地里去见识、去感悟。

"我只知道天高任鸟飞，我要见更大的世面，以后要有所作为。我生长在绍兴水乡，活动的范围也比较小，所以我从小有这个志向，到更远的地方去看看。"时隔多年后，王金祥在说起这段往事的时候，仍旧透露着几分当年做出这个决定时的决绝和坚定。

生活不止眼前的苟且，还有诗和远方的田野。对于现在的文艺青年来说，这句话意味着生活在别处的意境，意味着带着诗意的栖居。但对那个时代的王金祥来说，远方的边疆意味着磨难的开始。

王金祥所在的建设兵团驻地位于中苏边境，包头、乌拉山一带的第二防线。去驻地报到的路上王金祥傻眼了，他看到的不是什么美丽的大草原，满眼皆是沙漠与戈壁。当这个江南水乡的瘦弱少年有生头一遭身处一望无际的荒漠之中，内心既兴奋也恐惧，没有人与他同行，他听得见自己的心跳。他拼命朝前赶，翻越一座又一座沙丘，片刻不敢耽搁，生怕思想不集中，走偏迷失了方向。宇宙万物似乎都正在无声地注视着他。这是一种极其陌生的恐惧感，死寂张开大口将他吞没。

兵团的生活是枯燥的，沙漠中偶有那么几个绿洲便成了王金祥心中的惦念。在这个人烟稀少的地方，如果周围都是沙子，你的心里必须装有绿洲，否则会被强烈的孤寂所打败。心里的火没有被风吹灭，但如果是沙子呢？沙子可是能完全扑灭火焰的。

王金祥回忆，那里的风沙就像南方的梅雨季节，风沙很大，吹得人睁不开眼，而且一刮就是半个月，甚至是一个月。人根本出不去，就是 5 米、10 米以外，都看不到人。"那时候印象比较深刻的是，那边吃的是粗粮，像窝窝头、高粱饭，南方人在那边吃不习惯。"除了生活艰苦，信息更加闭塞，在这里完全得不到任何关于漫画和丰子恺先生的信息。

好在风沙过后，地面归于平整，像是一张巨大的宣纸。王金祥捡起地上的枯枝为笔，以地为纸，不断磨砺自己的漫画技艺。在这里他无须担心这些不符合时代潮流的东西会被别人发现，大风一吹，一切又回归原样，就像从来没有发生过一样。

03 · 青年见火

如果没有意外的话，王金祥认为自己的一生就是这样了，他已习惯于建设兵团的生活，习惯了部队的营房、习惯了战友们，甚至习惯了这漫天的风沙。可生活的有趣之处便在于总有意料之外的事情的到来——这一年，浙江大学来王金祥所在的建设兵团招生，一共只有一个名额，可谓是千里挑一。

王金祥心动了，他本是浙江人，能够去浙江大学读书对他来说是梦寐以求的事情，说不定在高等学府里能够再次续上他心中的那团火。指导员也鼓励他去。王金祥是幸运的，由于他原先有一定的文化水平，再加上兵团期间在指导员的帮助下读了不少书，所以成为那个幸运儿。

在从内蒙古回家乡的路上，王金祥感到命运之轮又一次开始旋转。车窗外的景色在不断地倒退，先是大片

大片的褐黄色的沙漠，接着开始有星星点点的绿，那绿
色在灰暗的大色调下显得很是沉重。王金祥觉得自己的
心情也如同这绿色一样灰霾，那是对未知的兴奋与恐惧，
就如同来边疆的路上一般的感受。人生就像是个画盘，
兜兜转转，他又回到了原点。

凡是过往，皆为序章。

江南湿漉漉的夏天，在烦人的蝉鸣蛙噪声中，王金
祥来到浙江大学的门口，他彷徨了，他不知该如何选择
专业。在犹豫不决的时候，王金祥又记起了指导员临别
时候的话语："小金你要记住，国家无论到什么时候都
缺不了电，将来发展电器化更是建立在电力的基础上，
所以我建议你选取与这些相关的专业。"在那个年代，
人们的信仰更为纯粹，那就是把国家建设好。指导员还
送了他一本珍藏多年没舍得用的日记本，在扉页上题了
字："为梦想而生！"多年以后的王金祥回头翻看这本
日记本，这句话在鸡汤泛滥的这个时代似已变得非常普

通，甚至退去了当年那股子浪漫与激情，可他仍暗暗在心里为指导员竖起了大拇指。要知道，若非胸怀诗才之人，当年很少有人写得出这句话。王金祥终于坚定了自己的选择，他选择了在浙江大学电机系读发电专业。这是当时的专业名称，若干年后改成了电力自动化专业。王金祥总说自己的经历是和现代人相反的，别人是求学然后去外面历练，而他是完成了五年的部队历练再回来读书。

浙江大学的生活无忧无虑，王金祥没有丢下画笔，丰子恺的形象在他心里越来越清晰，可他没有意识到，那个一直存在于记忆里的名字也正离他越来越近。在专业里，他最喜欢的一门课是制图课，工科生作图，要画主视图、透视图，这在别人来说也许要费尽脑汁，可对他而言根本毫无挑战，无须学就能轻松完成。尽管不是美术生，没画过一次石膏像，可他画机械零件，对形的掌握、结构、透视关系，也恰是那么回事，甚至会注重细节刻画、呈现主次与虚实关系。他完成的每张图纸，画面都很有层次感，还有明暗与灰度的表现。同学们羡慕，连老师都赞不绝口："王金祥，你没学美术专业真是埋没了，你有极高的天分。"

许是大漠带来的习惯使然，他经常跑到操场边上的跳远沙坑，把沙坑刮平，继续琢磨简笔画的妙处。以至于那个年代的浙江大学出了一件怪事儿，学生们纷纷传言——咱们学校的沙坑会自己画画。

专业走上正轨以后，他又溜进了浙江美院的校园。这完全是基于好奇心，他很想看看美术正规教育是怎样一番天地，看看人家在画什么、怎么画，这对他来说不啻于一次朝圣。

浙江美院的教室里算上老师只有寥寥数人，他徘徊于门外不敢进去，那感觉就像暗恋中的青年不敢踏步迈入心爱姑娘的视线。时间久了，美院的老师发现了他，倒是客客气气地把他请了进来。即便得知王金祥是浙大的理工生之后，大抵是见他诚挚谦恭，便对他有了不错的观感。从此这位美院老师的班上又多了这名旁听生。

王金祥发现这位老师的课他居然都能听懂个大概，心中的那团火燃烧得更加旺盛。于是王金祥便正式开启了一段奇妙的"跨校蹭课"生涯。美院的这位老师名叫张岳健，擅长画花鸟，接触长了王金祥自然对他有所了解。他很斯文，少许内向，戴副眼镜，看上去像位数学老师，课外几乎不与学生打交道。但王金祥也许是他此生唯一的例外，在多年以后，两人有缘同时买了杭州锦兰公寓的房子，这才开启了长达数十年的忘年之交。

张老师对待这个插班旁听生一视同仁，也几乎像要求自己的学生那样给王金祥布置习作，偶尔还点评王金祥的画。张岳健成了王金祥生命中的又一个贵人，在张老师的指点下，王金祥的绘画第一次得到了系统性专业性的提升，对于王金祥来说，很多原来自己捉摸不透的问题都迎刃而解。

有的时候，梦想就像一个又一个的多米诺骨牌，只要你费尽千辛万苦推开了第一个，后面的就会接踵而来——某次无意间与张老师的交谈中，他谈到了自己少年时代对绘画的启蒙都是源自丰子恺先生。张老师听闻后告诉王金祥：丰子恺先生已经从劳改农场回到了老家浙江桐乡。王金祥顿时感觉，曾经只存在于纸面上的丰老前辈居然离他其实并不遥远。这令他兴奋不已。

王金祥是说干就干的性格，既然得知了心中的那团火已经离自己不远，他便马上付诸行动。他回了趟家，拿了点钱，买了汽车票，一清早便背起行囊去了桐乡。一路颠簸，下午三点多才到石门镇。他按地址找到那个村子，踟蹰在丰子恺先生的宅子门前。他蹲在一棵槐树下，将身子弓起来，尽力蜷成一团，直至确信自身微不足道，才敢抬眼望那门前人来人往。

起先谁也没注意到他，这种感觉让他舒坦。作为一个初涉此地的外乡人，他渴望得到这样一小块不显眼的地方，好让自己内心的矛盾与挣扎有个临时容身之处。

而丰子恺先生的宽容恰似有着某种预见，竟会在自家门前辟下这块树荫，以供他这种未知的访客酝酿敲门的勇气与面对的情绪。他想，无论对谁，这个过程也许都是必须的。毕竟那扇大门内，那位备受崇敬之人，其对王金祥影响之大，让他在这距门十米开外的树荫下便已感受到了宿命般的牵引。

今天看来是没有机会靠近那扇门了，王金祥这么想。但也许不是机会问题，机会总在眼前，而是时机不宜。在建设兵团的那五年教会他相机而动，他再也不是当年那个鲁莽的愣小子了。但见那刚进门的一家三口还没出来，便又有新人来敲门。他想象得出门内的热闹景象，自己一介冒昧来访的陌生客，又怎敢去叨扰！

等了许久，他终于见到丰老先生本人从那扇门里出来。他猜那定是丰老先生，苍白的面容上罩一副黑边圆框眼镜，白髯遮胸，一袭黑褂，只露出一只惨白的手，挂着一根黑漆拐棍。正恰这年月，丰老先生自觉成为一张黑白相片。只是那身形、那轮廓，比王金祥原先想象中要单薄瘦小了一圈。

　　丰老先生迈出门时朝槐树这边望来一眼，这一眼让王金祥心惊肉跳。可那仅是随意一瞥，并未留神停驻。丰老先生由老妇人搀扶着出了门，朝村西方向蹒跚而去。老妇人手中提着一串牛皮纸的小包，身边那个瘦小的背影时不时就会剧颤，传来一长串毫无节律的失控的咳嗽声。于是驻足，咳罢再走。王金祥像个鬼魂似的木知木觉立起身，跟在后面，他不知道该如何开口！

　　穿过几条巷子，丰老先生一次也没有回头看，只顾吃力地朝前走，许是回头于他而言都是件极为吃力的事儿。那两个身影在村西巷尾的一户人家门前骤然停下，回过头来。原来丰子恺先生早已发现了王金祥。王金祥原地站着发愣，可这窄巷却容不得他长久滞留。正当他进退维谷之际，丰老先生紧锁眉头怯生生地开口问道："请问您是调查组的同志吗？"

　　王金祥这才意识到，丰老先生刚获自由，自己这身绿军装惹人起疑了。他赶紧解释自己并非调查组的同志，而是一名浙大的学生，因为热爱绘画所以冒昧登门拜访，而自己的军装是因为之前在建设兵团留存下来的。

　　丰老先生请他进了家中，王金祥觉得自己就像在做梦一般。这条朝圣路他走了很多年，终于见到了心中的那团火的时候，他却像是个近乡情怯的游子一时心中感慨良多。有许多话想跟丰老先生说，却又不知道从哪里开始说起。而丰老先生因为之前被劳动改造过，仍然话语谨慎，闭口不谈艺术。好在丰老先生的弟子胡治均在场，他见王金祥愣在那里，便引导着王金祥把自己心中所想渐渐说了出来。丰老先生见自己的作品虽然在那段时间不被认可，甚至被认为是资本主义腐朽无用的东西，却也在无意间启迪了不少人的艺术梦想，甚是欣慰。他鼓励了王金祥几句，让他在艺术的道路上继续走下去。

　　王金祥见丰老先生咳嗽不止，身体显有不适，也不便多待下去，能见到丰子恺先生便已完成了人生的夙愿，于是便告辞而去。胡治均将他送至村口，两人聊得很是投机，互相留了联系方式。

回到杭州，王金祥觉得自己似乎放下了千斤重担。绘画对他而言是毕生追求的事业，他见到了那簇火，那火闪耀的光，他似乎已能预见自己的将来……

04 · 薪火相传

就在见到丰子恺老先生五个月后，一直与王金祥保持书信联系的胡治均传来了噩耗——丰老先生因为肺癌走了。那堆王金祥心中燃烧了多年的火好似熄灭了。悲痛过后，王金祥却知道那火竟也并未完全熄灭，他隐约看到了自己接下去该走的路。

在给丰子恺先生治丧期间，许是为了缅怀先生，又或是为了激励王金祥，胡治均与王金祥深聊了一番。

五四以来，中国教育一直秉承新旧两个体系，这便孕育出师生与师徒两种关系。胡治均也并非在大学里听过丰子恺授课，他早年拜入师门，拿丰子恺当亲生父亲一样孝顺，端茶送水，洗衣拖地，按肩捶背。子女做不到或师父从不要求子女做的，都由徒儿代劳了。同时，作为一名严师，他却无法坦然享受徒儿的尽孝。传授技艺之外，总惦记着回馈，隔三差五便塞给胡治均一只信封，里面是画，偶尔也有字。二十年下来竟有三百余幅之多。可惜，前几年全被人兜底翻了出来，付之一炬。此后胡治均大病一场，险些丢了性命。现如今，师父走了，胡治均觉得自己没有保护好丰派艺术的传承，所以他有责任肩负起重振丰派艺术的使命。

而在丰子恺的所有儿女中，他最疼爱的当属幼女丰一吟，那是丰家儿女中最具绘画天资的一个，多才多艺，兼通书画、文学、翻译，时任上海社会科学院副研究员。

若论继承衣钵，儿女中非她莫属。在治丧期间王金祥与丰一吟熟识。他俩与胡治均聚在一起，相望无语，仿佛在感受彼此割不断的联系，这也许就是丰派艺术的将来。

丰老先生去世后，有阵子丰一吟热衷于临摹父亲的画，送给亲友，也送了王金祥一幅。那是王金祥第一次见识到她的笔法。她运笔丰润柔美、干净利落，除了落款不同，那是可以乱真的境界。独坐房中，王金祥掩面发出两声哀叹。一叹，就凭这般天赋，丰老先生早年为何不极力鼓励女儿走上绘画这条路；二叹，丰一吟的造就大概也就止于此了。丰子恺若天生即为女儿身，便是如此，丰子恺若再世，便也如此。

丰老先生对女儿的影响可谓潜移默化。他作画，最喜欢这个小女儿在身边陪伴戏耍，还喜欢小女儿为他磨墨。在胡治均尚未进入他的生活之时，丰一吟一直负责照顾他的起居生活。所以，她的模仿，当是从骨血里起始的。

也许还会有人给予他敲打灵魂般的一记点化。为此，他还需要耐心等待。

王金祥在杭州少年宫居住时期，附近住着几位美院的教授，他的邻居就是中国美术学院的教授孔仲起。孔教授每天早上会到池塘边，拿着小本子，用铅笔写生。池塘边上有个小荷花开了，水草长出来了，他都能传神地画下来。王金祥经常去边上观摩。

王金祥回忆道：那个时代的教授们，不被外物所干扰，没有很多应酬，也不被社会所影响，他们沉浸在艺术上。孔仲起教授就是这样的人，后来他们成为至交好友，王金祥经常到孔仲起家里去。"孔教授非常低调，每天只是上上班、看看书、作作画。"孔教授也给了王金祥很多关于艺术上的指点。

而从浙江大学毕业以后，王金祥与胡治均一样从事技术工作，于是两人每月一次的会面于绘画之外又多了一门共同语言。有一回王金祥刚进胡治均的家门，便得到一个好消息——丰老先生早年的得意门生钱君匋先生要来拜访。胡治均所言"得意门生"，一听便知是师父在大学任教期间偏爱的学生。与胡治均的性质不同，钱君匋与丰老先生之间应是新学体系下的师生关系。

这位钱君匋先生与丰子恺是桐乡老乡，是位了不得的人物，艺术造诣的全面性，在胡治均和丰一吟之上。篆刻、书法、竹简、绘画、鉴赏、收藏，样样精通，且有深厚的国文功底。可最令他自豪的大批藏品却于13年前被人抄家没收，那其中有包括齐白石、徐悲鸿、张大千甚至是赵孟頫等名家在内的几百件藏品。而今归还，少了百余件，悲痛之余，感慨之下，刻下一印："与君一别十三年。"

许是胡治均忘记了交代，那天除了钱君匋先生要来，丰一吟也要来。直到四人聚齐，王金祥才发现自己格格不入。他辈分最小，且自认无名无分，年龄也差了一大截，艺术上的成就更让他无地自容。但大家言谈真诚，都拿他当小师弟，这让他心里稍稍好过一些。从这天起，王金祥不仅常跑胡治均家，钱君匋和丰一吟那儿也频繁跑动起来，每次都会带上自己的作品，上门求评价、求指教。尤其是拜访钱君匋，每回都是收获满满。钱君匋不仅给他指教，还有那么多的藏品供他研究。

可几个月后，钱君匋跟王金祥说："将来啊，要想再看这些藏品，就不在家里了。"面带释然的笑。原来他已将所有失而复得的藏品倾囊捐出，打算先后在桐乡和海宁各建一个君匋艺术院。也正是这一回，钱君匋的举动深深打动了王金祥——原来艺术的成就可以超脱于技艺之外。

也算是鬼使神差，丰一吟正好送给王金祥一盒颜料。那是其父生前亲手调制的颜料，王金祥视其为珍宝。这盒颜料共分五种色彩，打开它的一瞬，王金祥不禁感慨，就连丰子恺这样的大艺术家，用的也不过就是五种色彩。丰一吟临摹所用，也该是这五种色彩。

他一次次把丰一吟的临摹之作拿出来看，将其想象成丰子恺近二十年来的新作。他再回想丰子恺 20 世纪三四十年代的早期画作，总觉得那时的色彩稍显暗淡了一些，似乎连五种色彩也达不到，而"新作"在色彩上明显要亮丽许多。

王金祥暗想，在丰老先生的人生长河中，也在不断进取，单从色彩丰富性这一点便能看出。而今日颜料色彩的极大丰富，又远非手中这盒颜料所能相比的，这算不算一个小小的突破口呢？想到这儿，他兴奋得整夜未眠，开始捯饬各种颜料。事实证明他的方向找对了，通过大胆尝试，他将国画、油画、水彩画的色调融汇于笔下，多样的色彩的确能使丰派艺术往前迈进一大步。

王金祥多年来的潜心学习和研究，结出了累累硕果。

《种瓜得瓜》是丰子恺喜爱的绘画主题。这幅画童趣盎然、寓意深刻，它告诉我们：种什么种子结什么果。这是王金祥数十载画艺人生的写照。

原西泠印社副社长、华东师范大学艺术学院教授、丰子恺的得意弟子钱君匋说："王金祥通过穷年累月的努力磨砺，一步步走进了丰子恺画风之圈，向艺术大道迈进，成为丰门画派的继承者和画家。这是有心人的成果，为世人所称道。"

原中国美术学院院长、教授、著名画家肖峰说："王金祥不愧为丰子恺先生的得意传人，生动活泼的丰派绘画艺术，同时又坚持自己独特的见解，雅俗共赏的艺术表现，自由灵动的笔墨书写，独创出属于他自己的反映当代审美情趣的作品，充满了传统文人画高雅的笔墨精神。他所取得的艺术探索及成果，真是了不起，为世人瞩目，有无限的前景。"

在王金祥办的一次丰派绘画艺术的展览上，曾来过一位法国艺术家，他评价王金祥的艺术作品充满了爱，看了他的作品让人很平静。"我说如果看我的作品之后，能够理解到真与淡，那么你对丰派艺术是懂得的，因为丰子恺先生本身就是一个非常淡定的人。"

丰子恺一贯遵守纯正的艺术观和取向淡泊的人生观，作品深受人们的喜爱，作为他的绘画艺术传人，王金祥有着先生一样的淡泊之风。虽人至老年，载誉无数，但他志清行洁，和善从容。无论对自己还是别人的作品，他总是静静地看，静静地想，以心写画，以情见性。

王金祥现身兼多个美术家协会和书画院重要职务，但他仍保持着原有的冷静与低调。他虽已退休，仍组织书画名家定期慰问部队、学校、街道，开展"送书画下基层"活动，为弘扬中华优秀传统文化和社会的文化事业做点贡献。

"我要在有生之年，在艺术的园地中不断耕耘，让子恺艺术这份共同的宝贵财富得到传承、弘扬和光大。"

可能自从点燃火种的那天起，王金祥就走在了朝圣的路上，这条路并不平坦，一路走来，他见识过人性的扭曲，感受到时代的桎梏，看到了漫天的风沙，也望见过荒漠中的绿洲，更重要的是见过了那团点燃他的火，并且经过火焰的淬炼让自己的路走得更加坚定，这条路没有尽头，王金祥坦言自己会一直走下去。他说："艺术就是我毕生追求的事业，无关成就，无关名利，那是我少年时代的一个梦。"

寻觅人生的舞者 【上】

　　有些人，你只须看他们一眼便能感受到他们的与众不同。比如此刻我们眼前的万琪武与陆卫苏，两个人无论怎样站立似乎都有一种看不见的力量。那力量就像是黄河边上被大风肆虐却依然扎根于大地岿然向上的老树，那力量像是被时间反复雕刻却仍旧纹丝不动的砖石，那力量我曾在少数几个职业的从业者身上看到过，军人、运动员、医生……对了，还有舞者。

　　乌镇，江南的水乡，一直是我心中梦牵魂绕的地方。我们知道这里走出过木心先生，也唯有这里可能走出木心先生——那个写出过"从前的日色变得慢，车，马，邮件都慢，一生只够爱一个人"的中国当代文学大家，是我关于对文学的热爱最早的力量源泉，而潺潺的水流与精致古老的建筑也让终日桎梏于都市生活的我们仿佛生活在别处。

浙江乌镇雅园，一处定位中高端的养老社区，我们就是在这样的憧憬与遐想中见到万琪武与陆卫苏先生的。他们各自有力量，但他们在一起的神态和默契让我马上想起了木心先生的那句："一生只够爱一个人。"他们似乎自然就应该在一起，他们在一起的时候周遭的一切似乎也显得很是自然……

万琪武和陆卫苏的回忆应该从哪里追述起呢？如果说人的记忆是由无数时间的碎片拼凑而成，那么如何在这纷杂无序、互相纠葛缠绕的时间之海中找出一条相对明晰的线索？好在对于他们夫妻而言，那脉络是清晰而纯粹的——他们为舞蹈而生！

01·一段有关声音的记忆

对于万琪武而言,最初的记忆应该是从声音开始的,那是人体落在木质地板上的沉闷踏实的撞击声。

小学刚刚毕业的万琪武正在紧张地观看着同龄人在舞台上的表演。一旁坐着的是面目严肃的专家,在一群专家中间,还有一个表情更为凝重、频繁摇头的外国人。后来的万琪武才得知这是我国特意从苏联请来的国宝级的舞蹈专家——那时候的中国百废待兴,文艺建设也如同经济一样需要从废墟里重新站立起来,中国作为一个有着五千年灿烂文明的国家亟需进行文艺上的重新建设。在当时那个年代,先进的国家里,交响乐、歌剧、芭蕾舞是三个重要的板块——如果一个国家没有这三种艺术团体,会被视为是文艺上相对落后的、匮乏的。因此,中国芭蕾舞团的建设迫在眉睫。

这个神情凝重的苏联专家,被称为功勋艺术家。在当时的苏联，艺术从业者被分为好多个等级，人民演员、功勋演员是一级，而能被称为人民艺术家、功勋艺术家的自然是各自领域的佼佼者。我国与苏联在那个年代正处于蜜月期，为了帮助我国进行芭蕾舞团的快速建设，这位功勋艺术家被派往我国，希望能在最短的时间内帮忙打造出专业的中国芭蕾舞团。教员没有怎么办？就从全国各地的民族舞团里抽调优秀的人才在四个月内培养成芭蕾舞教员，再选拔出好苗子来进行深度梯队化的培养。

这些都是事情表象背后的深层次逻辑，对于当时的万琪武来说，他渴望的不是舞蹈、不是文艺、不是爱好，他只有一个信念、一种需求——那就是他要一条出路。因此他的眼神，比在场的同龄人们要更为饥渴，因为他没有退路。很多时候我们常说，一个人能够有所成就的信念来自坚持、信仰、热爱甚至机缘巧合，但对于还有一部分人来说，他们的成就来自求生欲，来自没的选择背后的孤注一掷。

让我们再把视线从时间的标轴上往前拉动。1953 年，万琪武的姐姐调到北京来参加工作，他们全家都从武汉来到了北京，当时的万琪武其实已经在武汉考上了当地的中学。但他没的选择，既然全家打定了主意来北京发展，他也只能跟随着家族从南往北迁移。在北京，由于他的父亲去世很早，母亲也没有工作，一家人的开销只能靠姐姐微薄的工资来支撑，可以说作为最早一批的"北漂"，他们一家人在北京完全没有指望和依靠。

万琪武的求学之路也蒙上了巨大的不确定性。当时的政策不像是现在可以要求转校，在当时是需要重新参加考试的。考核通过才能够入学。而恰好不巧的是，他们错过了开学季，北京的各个中学已经开学了。就这样万琪武成为一名北京市山东中学的试读生。试读生的生涯持续了整整一年，在这期间，万琪武的转正考试没有通过，算术始终跟不上。当时的他心灰意冷，而且他的头上还悬着一柄达摩克利斯之剑——如果初二的补考，他的算术再不及格，将面临被劝退的结果。他在短短的时间内又一次面临没的选择。

上帝给人关上一扇门的时候会打开一扇窗。文化课的大门正缓缓地关上，而上帝给万琪武留的窗户却及时地打开了——北京舞蹈学院开始选拔好的芭蕾舞苗子。而他们之所以来到万琪武试读的学校，是因为这个学校的名字——北京市山东中学。在专家们看来芭蕾团的男舞者需要身材高大的男孩。据说山东出大汉，所以将来可能会长得高大些，于是他们把男舞者的选拔范围放在了北方，而女舞者的苗子会在南方进行招生。北京的山东中学就这样进入了专家们的视野。但其实这是一场美丽的误会或者说这是上帝给万琪武开的一个窗缝，因为学校的创始人是山东人，所以这个学校才叫作山东中学。并不是说每个孩子都来自山东，比如万琪武就是从武汉走出来的男娃。

万琪武立即紧紧抓住这个窗缝，然后想办法把窗户推开——他果断地报了名，尽管在当时的普遍看法中，男孩子去跳舞是不好听的，就更别提今后找不找得到工作，养不养得活自己。这些都不在他的考虑范围之内，因为他听来选拔的专家老师们说："如果能被选进去，吃喝穿住都不需要钱，都是由国家提供。"万琪武只深深记住了这句话，如果能被选上就能有一条出路，还能给家里减负，这就够了！后来他才知道，国家为了培养一个芭蕾舞员，需要付出培养十三个工程师的代价。在那个物质还很匮乏的年代，人们的身体普遍瘦弱，可不良的营养根本无法支撑舞者的身体要求，因此必须吃得好，这是成才的基础！所以国家按照苏联的标准来做，该吃西餐吃西餐，该吃中餐吃中餐，训练完了还要发营养补给。当场就要吃掉，不许留着，不许给家里人带回去，甚至在当时的食物里还有黄油这些高热量的、在当时很珍贵的东西。

即便是一条窗缝，仍旧有一百多个孩子来参加竞争。在选拔的教室里，两个教员给大家量身高，后来在一百多人中只选了其中的五个孩子。至今万琪武仍旧没有明白自己为何能被选中，毕竟自己不算这些孩子中最高的，也不是容貌最出众的，怀着巨大的怀疑，万琪武就这样从山东中学来到了舞蹈学校。所以才有了前面万琪武在观看舞蹈学校里同龄人们表演的那一幕。

人体落在木板上的声音是万琪武关于舞蹈最初的记忆，砰砰砰……每一声都像是急促的鼓点声敲打在他的内心深处，求生的欲望也随之燃起一种叫希望的火种。第一关算是懵懵懂懂地通过了，但是后面随之而来的是第二轮的筛选，万琪武的心里就更加没了底。毕竟自己的资质并不是非常出众，第二轮是要在被选中的五个孩子里选出更适合的。果不其然，万琪武的腰腿不行，加之没有练过，显得过于僵硬。专家们从五个孩子里选出了三个，他没有被选上。万琪武刚刚被打开的窗缝似乎又要被关上。就在他垂着头心情低沉地走出校门，他也不知道自己究竟该去往何处，校门外的世界看上去很广阔，但那广阔跟他好像没有任何关系，他觉得自己像是一滴流到水里的油，被隔绝在了整个世界之外。

就在他马上要踏上另一种人生道路的时候，苏联的那位专家正好路过他的身边，他看了看万琪武，示意他先不要离开，跟着自己又回到了刚刚的教室。他让万琪武等五个孩子重新跳一次，不管怎么跳，只比谁跳得高。万琪武的内心世界只剩一个单词，叫跳高。于是他奋力一跃，好似把自己全部生命的力量爆发出来，就像一只冲破围栏的野兽，又似一条破网而出的囚鱼！这次他赢了，没有比对命运的抗争爆发出来的更为强大的力量。至今回想起来，万琪武说自己的人生历程里可能再也没有如此有爆发力的时刻。在他的回忆里，自己从最高点下坠落到地板的那段时间，时间显得尤为漫长。他先是看到了众人的头顶，然后看到了很多双惊讶的眼睛。接着下落，自己又看到了阳光穿透玻璃窗投射进来在空气中漫天飞舞的灰尘。他最后看到了长长的命运和松松软软的木质地板。在那一刻，自己是飞鸟，希望为翎羽！

砰的一声，万琪武又一次听到了脑海中印象深刻的声音。只不过这次的声音是自己的身体落到地板上引发的震动，他被录取了！万琪武至今仍旧感慨地说："如果当时那位苏联专家没有偶然经过校园门口和他擦肩而过，那么自己也就不会和舞蹈结缘一辈子。人生有的时候就是需要孤注一掷的姿态加上一些运气。"从此以后，这位苏联专家也特别关注万琪武的成长。

被舞蹈学校录取并不意味着顺利的人生大门向他敞开。相反，来的是更多的没的选择。很快在教员们的说教下，完全不懂跳舞的万琪武发现舞蹈训练真不是能够开玩笑的。这不像是普通的学校，在普通的学校里读书，你某门学科学得不好但别的学科好还能够有机会补上，在这里你必须样样做到最好。不好就意味着被淘汰、被刷掉，没有位置。出路的警报并没有解除，反而时时刻刻在自己耳边响起。这个班上，一共只有 15 个男孩、15 个女孩，总共 30 个人，六年的时间就培养着 30 个孩子。教员说如果培养得好，能够培养出一男一女成为尖子学员成为领舞，那对学校而言就是成功了。其他的人就只能成为群舞，甚至彻底出局。

所以舞蹈学校里的孩子都在拼了命似的操练。对于万琪武而言跳舞已经不再只是图个吃饱穿暖的求生手段了。在日日夜夜的学习过程中，他已经渐渐开始把舞蹈当成自己的事业。过了新鲜劲儿后，迎接他的是忙碌充实的像打仗一样的日子。每天舞蹈训练要出好几身的汗，文化课也不能放弃，文化课同样有考核，文化课上完一节，又要赶快换衣服，去教室进行舞蹈练习。舞蹈练习完毕，匆忙地吃上一顿午饭，又要坐下来学习文化课。每一天都排得满满当当，专业课和文化课加起来一共 8 节课，每节课 45 分钟连轴转，可以想象万琪武的生活节奏得有多么紧凑。连晚上的时间都在上课，晚自习的时候也得去练舞。这个时候万琪武的世界里，声音一下子嘈杂了起来。那是连绵不断砰砰砰的跳舞声、教员们严肃的训诫和指点声，还有文化课的老师们灌输知识的讲课声。但万琪武的内心却开始慢慢宁静了起来，他感到自己的心灵似乎慢慢变得丰满，身体上的疲惫和麻木好似能够让他的内心开始脱离自己的肉体而存在。独立于身体之外的内心在高处审视着自己，有个声音似乎在说道：看！原来，这就是你应该追寻的梦想，它应该是最纯粹的。

当这样的日子开始积少成多，万琪武和苏联专家也开始熟了起来。他向苏联专家请教自己心中的疑问——为什么会在那个时刻留住自己，再给自己一个机会？为什么别的教员觉得自己不行，而偏偏专家看中了自己？专家告诉万琪武他看中的是万琪武身上的角色气质，那是一种男人身上的阳刚气。身体条件太好的男性芭蕾舞者很容易掺杂上柔软的女性气质，但在芭蕾舞这个艺术形式上，万琪武身上的气质让他有潜力出演各种人物。并不是每一个人生下来都是王子公主，也并非每一个舞者都一定要跳王子公主，万琪武的形体和气质决定了他能够成为优秀的第二主角和重要配角。男舞者的条件一开始可以并不需要完美的条件，较之抬得很高的腿、劈得很大的叉而言，他更看重的是万琪武当时的眼神里有人物，那次的擦肩而过，万琪武的眼神里写满了一个失意者的全部神态。对于一个孩子来说，这就很不容易了。其实跳舞，也相当于是一个演员在出演一个角色。

　万琪武听完专家的陈述，并没有因为自己不能成为王子、成为第一主角而失落，他深深记下了专家的话，并在今后的训练里特别注重通过舞蹈来塑造人物，通过动作来学会说话，学会与人交流，这并不容易。好在苏联专家的中国助手和舞蹈学校的系主任都对万琪武特别好。他们在万琪武的训练之余，要求他多看书，给了他一堆书逼着他看完，然后还会和他谈一谈对书上知识的看法。当时万琪武印象最深的就是俄国的斯坦尼斯拉夫斯基编写的几本关于戏剧表演的书。书上告诉了万琪武——在舞台上用什么办法调动全身的感觉去演出一个人物，既有技巧性的描述也有知识性的提炼。这对于嗷嗷待哺的万琪武来说简直是个宝贝！他几乎翻烂了这几本书，他终于明白苏联专家口中的人物是什么意思了——其实跳舞也好、戏剧也罢，相当于是一个演员，扮演着他该属于的那个角色的人物。就像是在演一场无声的戏，因为无法用语言，所以要用肢体要用舞蹈动作来表现出百分之百的戏剧性。这就要求舞者的每一个动作都像是在说话，要让人看得明白看得过瘾，每个角色的情绪要精准、完美地表达出来。只要做到了这些就一定会吸引观众，所以万琪武终于搞明白了自己跳舞的优势是在哪里——舞蹈里有人物。这不是天分，这是后天努力的方向。在斯坦尼斯拉夫斯基的书里，万琪武还记得一句话令他终生难忘,这也坚定了他演好第二主角（一般是反派）

的信念——斯坦尼斯拉夫斯基说："没有小角色，只有小演员。"

　　时间过得飞快，马上就要毕业的这年，19 岁的万琪武也即将迎来他的第一次当上主角演出。照理说他这个年纪本担不了如此重任，但是苏联专家逼着他上场，万琪武的角色是要在这出剧目里扮演一个海盗，也就是第二男主角，和男主角进行对抗。他只有一个礼拜的准备时间了……

　　在这一礼拜的时间里，苏联专家每天花上 40 分钟的时间来给万琪武单独讲课，这让万琪武受宠若惊。同时他也隐隐感觉到这可能是自己和苏联专家最后不多的共处的时间了。自己即将毕业，而苏联专家也快要回国，这一别可能就是一生。苏联专家讲的一点一滴万琪武都原原本本记了下来，专家教他每一个动作的细节——这一刀应该怎么砍？往下砍的时候路线是什么？这些在专家的演示里都是有说法、有讲究的，不是简简单单地比画一下。一个砍的动作，舞者要跟着身体发力，从腰上给劲再劈砍下去，是对真实动作的还原和拔高，这是苏联专家对万琪武的要求。他告诉万琪武："练到最后，你就应该是角色本身。"后来万琪武才知道自己有多么幸运，他在网上看到那个曾经对自己谆谆教诲的苏联专家出演的鞑靼王等角色在世界上都是排名前几的存在，自己能够得其亲身指点是何其之幸运。后来万琪武擅长的角色像《罗密欧与朱丽叶》中的神父、《安娜·卡列尼娜》里的丈夫等这些都是在当时苏联专家辅导下成长的。上帝给他留的窗户已经渐渐开始越来越大了，推开窗缝的人正是他自己。

万琪武现在回想起，将苏联专家对于当时他们的教学要求和现在的年轻演员们的专业程度放在一起比对，他感叹地说道："很多演艺上的东西现在的演员都不学了，就像一门门失传的手艺。现在的年轻演员们大都不知道谁是斯坦尼斯拉夫斯基……"这些都让现在的万琪武有些失落。后来，20世纪80年代万琪武跟随芭蕾舞团去苏联演出的时候，他终于又一次见到了苏联专家。他们一行数人前去看望已经垂垂老矣的他。行走也已经有些困难的专家正在课堂上给年轻的孩子们讲着课，一如数十年前在北京的那些个日子。临别的时候，这个一生致力于艺术传播、在苏联享有崇高地位的老者出门依旧很是朴素，坐上电车与他们告别。也许在真正的艺术家的内心里，艺术不只是没的选择，也不会止步于事业前程，更不会是金钱名利，那是来自骨子里的热爱和源自生命本能的追求。

终于，万琪武第一次踏上了专业演出的舞台，在舞台上他不断地旋转跳跃着，像一本飞快翻动着的图书，在跳动之中万琪武似乎一页页倒回看见了自己全部的少年时代。他终于成功地完成了海盗这个角色的扮演，舞台上他看上去天生就是一名海盗，是那骇浪惊涛当中的王。

这一天，他成功搞定了自己的演出。这一天他也告别了改变自己命运的人。这一天另一个人的命运也将因他而改变。

02·望着鸽子的姑娘

一双大大的眼睛正在舞台下面滴溜溜地看着舞台上的表演，一刻也不愿意错过任何细节。眼睛的女主人叫作陆卫苏，刚刚进舞蹈学校一年。因为好学，她一有空就到礼堂去看高年级大哥哥大姐姐们的排练。她知道自己年纪还小，不可能有机会去担当这些角色和舞段，但是，因为喜欢，看完后会偷偷私底下试一试、过一过瘾。陆卫苏的记忆力很好，每个动作她都能记得清清楚楚。

既然是来看表演，那么陆卫苏自然对舞台上的舞者们的演出水平有自己的评断，一如现在"吃瓜群众"们对于电影电视剧里的演员们的演技打分。其他人嘛，不愧都是自己的学长，动作自然都是标准好看的。但是今天这场演出最扣人心弦的却不是那个王子，反而是一个穿梭于黑暗中的反面角色更能抓住她看戏的心——那个海盗虽然腿踢得不是最高的，转得不是最顺畅的，但他一静一动间好像天生就是一个黑暗中的舞者。那神态也好，那肢体语言也罢，无一不在表明这是一个穿梭于海洋中的君主。陆卫苏看得津津有味，她完全投入进去了，甚至不知不觉间她开始关心起这个海盗的命运来，王子的死活已经不在她的考虑范围之内，她自己却全然没有察觉到这种改变的发生……

随着"砰"的一声巨响，陆卫苏的思绪这才被猛然拉了回来。演出结束了，学长们开始谢幕，场下掌声四起，陆卫苏的内心是震撼的。她看上去面无表情，心里却掀起了滔天的波澜。她感觉自己全程都在和舞台上的海盗说话。这是怎么回事？为什么舞台上这个看上去没比自己大多少的海盗，能够把人物刻画得如此惟妙惟肖？回到自己的寝室后，陆卫苏这次没有着急开始练起刚刚看到的动作，她知道这次不是简单模仿动作的事情，这些动作背后的人物对于学习能力超群的她来说好似不能模仿了……

后面她托人打听到这个"海盗"的名字——万琪武，从此她开始对这个名字和这个人有了最初的印象。但两人的结缘却是后话了……

陆卫苏的故事应该从哪里开始讲起呢？她和舞蹈最早的记忆应该也是来自一次看热闹——1958 年夏天的北京，陆卫苏刚刚小学毕业，她已经知道自己考上了北京女子第八中学，她的毕业档案都已经转到女子八中去了。较之万琪武小学毕业时的没的选择，她看上去简直无忧无虑。唯一有点不顺心的是陆卫苏觉得自己将来应该要成为一名工程师，但是她妈妈希望她将来成为一名医生。在她妈妈的视角里——家里孩子多，自己的身体也不好，所以妈妈就觉得家里应该有一个医生，而耐心细心读书又好的陆卫苏自然责无旁贷。虽然和自己理想的职业有所差别，但陆卫苏也没有特别在意，毕竟自己还小，将来做什么离得还很早。何况她对一定要做什么倒是也没太有所谓，比起这些小小的事情，眼前对于她来说要紧的事情是怎么把暑假过好。

　　百无聊赖的暑假中的某一天，陆卫苏正在想玩什么又可以帮她打发一天的时间。这个暑假太过于漫长以至于她每天都很头疼应该玩些什么。不玩出些什么新花样的话，一来有损暑假的威名，二来在同学与街坊邻居的同龄人面前也无法吹牛。

　　就在这个时候一个和她很要好的同学跟着妈妈路过。陆卫苏的这个同学要随她妈妈去舞蹈学校参加招生考试，两人表示可以带上陆卫苏一起去玩玩，反正她也没事可干。于是三人一拍即合，陆卫苏觉得芭蕾舞这个东西从来没有听到过也没玩过，很是新鲜就蹦跶着跟过去了，至于舞蹈学校在哪儿，她都不知道。她对于舞蹈全部的概念，仅仅是蹦蹦跳跳而已。

如果可以的话，我想陆卫苏的这位同学的妈妈应该会后悔带着她前来，因为虽然说是来参加初试，但这位同学却连名都没有报上就惨遭淘汰。因为报名的时候已经有老师要看孩子的身材了，不幸的是陆卫苏的这位同学被老师们看过以后，建议不要参加面试了以免浪费时间。陆卫苏那时候的心里应该是有点蒙的，本来是想来看自己同学跳舞的，这下舞看上去是跳不成了，这让来看热闹的陆卫苏有点受到打击，感觉有点可惜。

但沮丧的心情还没过去多久，马上更让她蒙的事情就发生了。老师们劝退了她的同学，然后默认为陆卫苏也是来参加面试的，就指了指她说："下一个，你过来，报个名吧。"大概是因为同学和同学的妈妈还在难过的情绪中没有恢复过来，陆卫苏也处于一个懵懵的情况中，她居然真的把名给报上了。整个入学面试有四轮：初试、复试、复试和最后一次复试……更加神奇的是第一轮初试，她竟然也过关了。于是这个有点蒙的三人组合，在各自的情绪中返回家中。

陆卫苏的家庭背景较之万琪武是优越的、幸福的，她出身于干部家庭。她的父亲是新中国成立前在上海的地下党，为解放事业做了大量的工作，1946 年还没有解放他就又被派到香港、台湾去做地下工作，在台湾他发展了很多党员，在工厂和电信企业做了很多工作。在陆卫苏两岁以后的记忆里，有一段时间是生活在台湾的——那是为了掩护父亲。陆卫苏的母亲，这个勇敢无畏、深明大义的女人，带着一家子去到台湾那儿掩护父亲真实的身份。

日本人要抓他，后来国民党也要抓他，都已经怀疑起他的身份。随后党组织就让他撤到香港来，然后再由香港撤回北京。在父亲的地下党生涯里，五次日本人和国民党都要抓他，都被他逃脱了。所以上海的地下党称他为福将，命大。屡屡虎口脱险并不总能算是幸运的，好运总会有用完的那一天，一家子的变故也是因为父亲的这份工作性质开始发生巨大改变的——因为作为地下党来说，如果大环境发生了变化，别人就可以随便指责你。因为你曾经去过敌后，在那期间你是不是叛变过，会有很多双怀疑的眼睛。所以在"文革"当中，一家子人都受了很大的罪——家里所有的子女全部上山下乡。在家里陆卫苏的哥哥上的是清华大学毕业班，他是第一批中国学计算机的人之一，临近毕业的时候被遣送去了东北。妹妹高中毕业，弟弟初中毕业，姐姐已经工作，两人也在一个星期之内全部被遣送上山下乡……当然这些都是后话，不提也罢。

我们还是把视线拉回到回到家中的陆卫苏身上来。活泼好动的她在家歇了好一会儿，才从巨大的震惊中缓过了神——她居然去面试了舞蹈学校，还通过了初试！这可完全不在她的计划之内，不过她又觉得自己可能对今天这种叫芭蕾舞的东西，是真的有些心动了。那是一种原来未曾有过的体验。母亲知道了这个事情以后一直是持反对的态度，她认为即便陆卫苏不能成为一名医生，做一个工程师也比去跳舞要好，同时她最担心的还是陆卫苏的身体太弱了，怕她承受不了跳舞的高强度，也怕女儿的自信心将来受到打击。她跟陆卫苏说，即便老师要你，你的身体也决定了你进不了那个学校。但就像万琪武和芭蕾舞的结缘是来自没得选，陆卫苏和舞蹈的结缘来自必须选，尽管家里人大都不赞成，可是他们没有办法说服这个执拗的孩子。

第二次去报名复试的时候是大陆卫苏八岁的姐姐带着她去的，对于这个小妹妹她很是疼爱。她觉得只要妹妹喜欢，她就无条件支持。既然妈妈不同意，那她就陪着妹妹去参加复试。填表的时候，一个老师，也是学校的政治主任一看陆卫苏的表上家庭成分写的是干部子弟，便劝说陆卫苏："你千万不能跳舞的，跳舞很苦很苦，脚趾甲磨坏了还要再长出来然后再磨坏。"老师把芭蕾说得很恐怖，可能也是因为担心她这个干部子弟吃不了苦会半途而废，而舞蹈学校的资源和时间都是有限的。但是陆卫苏不为所动，她这个人啊，好像一辈子有很多可以选择的机会。但她是那种一旦选好一条路以后就不撞南墙不回头，即便撞上了南墙也要把墙上撞个窟窿再迈过去的性格的人。姐姐回家后，出于对妹妹的怜惜，便把老师的担忧和芭蕾舞的苦处讲给母亲听，母亲听完后更是反对。

陆卫苏总归有办法暂时说服自己的母亲。最后一次复试，是母亲陪着她来的，第四次复试的时候是苏联专家亲自监考，他测试了陆卫苏的身体条件后，示意陆卫苏跳个舞，但她什么舞也不会，于是乎没办法只能现场编了一个小段舞蹈。其实说是舞蹈都不能完全算是，陆卫苏就是做了几个动作，配合着自己在小学校园里学的一首儿童歌谣《大红花开满地》一边唱一边跳着。看完，苏联专家夸赞了几句她这方面确实有天赋，音乐和节奏感都还可以，便示意她们去进入下个环节了。至于有没有被选上，陆卫苏没有把握。

最后一道关卡是检查身体，出乎意料的是检查身体的结果出来，说陆卫苏的身体没任何问题，这下母亲一下子就释怀了。她对这个女儿最大的预期，其实就是平安健康开心地过一辈子，于是母亲那道关打开了。她高兴地同意女儿只要能够考上就让女儿进入这个学校学习芭蕾舞。

去看榜的时候，陆卫苏是抱着放松的心态和姐姐一起去的，因为她觉得自己最后复试时跳的那段现编的舞蹈肯定不如别人有底子。毕竟在那个年代，能够上得了舞蹈学校的女孩里面家里多多少少都是有些底子的，这点跟男孩的境遇就很不一样——男孩子是家里穷的比较多，家庭条件困难供不起上学，才来学跳舞的，比如万琪武。

舞蹈学校最早的状况是一般女孩子家里都比较有钱。她们大多数人家里有钢琴弹，学过一点舞蹈，家里资本也是颇为丰厚。据说舞蹈学校上面好多届的女孩子家里都是资本家，什么杭州丝绸厂的老板女儿、上海永安公司的老板女儿……都是大老板家的孩子。她们从小就要学钢琴、跳舞，基础条件肯定比之常人要来得优秀，所以学校也有个不成文的规定——愿意优先招收这样的学生。后来学校觉得这样是不对的，办学校也是需要讲究一点阶级成分的，那一届学校把门槛去除了，没有国界也没有阶级，艺术是人人都可以享有的，工农子弟也要招。陆卫苏遇上的正好是第一届的招生范围的扩大，可以说没有这次改变，陆卫苏可能也无法进入舞蹈学校进行学习。就如同万琪武走出校门的时候幸运地遇上苏联专家，陆卫苏和舞蹈的结缘就更有传奇性和不确定性了。

那贴在墙上的榜单有正榜和副榜之分。她就跟着姐姐先从副榜开始看起，看完副榜她发现没有自己的名字，在日头下不知道是被晒的还是紧张得有些微微出汗的陆卫苏，觉得有些恍惚和难受。她觉得自己再也没有了机会，马上就想离开发榜的现场。是啊，自己临时编的那个都不能叫作舞蹈的东西，怎么能和人家有底子的同龄人比呢。活泼开朗的陆卫苏第一次感受到了一种东西，叫作深深的沮丧和挫败感。她难过的是自己连副榜都没有进得去，副榜是备用的，也就是舞蹈学校招的替补人员。她估摸着以自己的水平最多可以勉强试着挤进副榜，副榜上没有自己的名字也就意味着自己的舞蹈梦想就此破碎。她的姐姐毕竟比她年长细致一些，她表示——既然来都来了，不妨看完再做打算。心里没了负担以后，两人抱着死马当活马医的心态快速地从上面开始看起，这下幸福来得很突然，看到第三个名字的时候，就出现了"陆卫苏"三个字。她居然是第三名，探花！

很多年后，当陆卫苏看完一部叫作《当幸福来敲门》的电影的时候，她又一次回想起看榜单的那个遥远下午。

姐姐很兴奋，摇晃着她的手臂，指着榜单，嘴上不知道在对她说着什么，应该是在替她感到高兴吧。可是陆卫苏已经完全听不进去了，她仰起头看着明晃晃的天空，通透明澈的蓝天和白云之间，一大群不知谁家放养的鸽子在来回穿梭，鸽子也会舞蹈吗？陆卫苏痴痴地看着、想着，然后被姐姐拉扯着，失了魂魄似的跟姐姐回家。

这一届，舞蹈学校工农子弟班只招 15 个男孩、15 个女孩。招生人数少意味着学校的训练资源少、训练强度高。虽然进了学校，但因为工农子弟班的条件有限，整个舞蹈学校的生涯陆卫苏如临大敌。她时时刻刻都感觉有一个看不见的敌人隐藏在学校里，一有机会就想把她踢出局。第一年的时候班上有 15 个女孩，大家还显得热热闹闹，到了第二年刷得只剩下 8 个人了。身体不合适的被劝回家了，没有任何理由就是说你身体将来不合适跳舞。那个时候被淘汰还算是幸运的，因为还只是耽误了一年的时间，回去接着上学没有问题。后面越往下学，越没有退路，文化课差得远了想要再回普通的学校已经没有了机会。

　　在第一年的学习里，为了能够留下来，陆卫苏这个倔强的女孩儿可以说是花光了全部的力气。在芭蕾专业学习了半年多的时候，1959 年，苏联专家开始排芭蕾舞剧《海盗》，一年级的芭蕾舞任教老师刘碧云找到她，并说海盗第三幕花园舞中的小花园的群舞需要 12 个女孩参加，三年级的女同学不够了，老师觉得她的接受能力很快，学东西特别快，肌肉也比较强，就把陆卫苏愣是给拎到三年级的小花园里头一起排练。她要跟高年级的学姐们一起完成这场花园舞。那个时候她只是刚刚学了半年，脚尖还没有开始训练，穿的也还是软鞋，肌肉的能力还不足以支撑她立起来。老师就给她开小灶，小灶可不是好吃的，那滋味很苦很苦。陆卫苏至今还记得——一开始是脚尖痛得直哆嗦，后来过了几天脚尖完全麻木了。即便如此，她仍旧跟着老师不停地训练。她知道这样的机会不多，也知道这个任务不可能完成，但她愣是咬着牙完成了。

常规的学习节奏，是需要相当长的时间一步一步地进行训练才能立得起来，而陆卫苏真的是突击式的上台。而且表演那天还看见了苏联专家在边上观看。她吓得直哆嗦，她怕自己这只刚学半年的菜鸟，拖累三年级的学姐们在专家面前丢脸。好在一切顺利，演出没有出什么大问题。从此以后，陆卫苏就打定了主意，自己需要努力到极致，这样才能做到心中有数。为了用功把时间效率利用到极致，她睡午觉之前把腿搁在耳朵边，劈个横叉才开始睡觉。起来的时候，陆卫苏觉得这条腿根本不属于自己了，好像完全没有了知觉。她自己看着学长、学姐们的动作，自己一个人在教室的时候开始模仿着练起来。和万琪武相比，陆卫苏坦言自己的接受能力和学习能力远远超出万琪武，每个动作和细节她都能记得清清楚楚。万琪武虽然记得比她慢，但只要他记住了，这个动作就属于万琪武自己了，这点上陆卫苏又不如自己的伴侣万琪武。

　　升上二年级的时候，虽然陆卫苏所在的班上只剩下了8个女孩，但很快又补充了5个女孩进来——那是从高年级在家休病假回来继续学习的，有的是被高年级淘汰下来，放在她们班上观察的，还有再招进来的插班生，所以女生又有13个了，班里的气氛一下子就紧张了起来。因为这个班的名额就只需要一男一女，将来跳双人舞用的，其他人都会被另外安排——或是淘汰回家，或是转成群舞，她们所面临的竞争显得愈发残酷起来。从四年级到五年级的时候，班级里又退掉了一批女学员，最后还是只剩下8个女孩。淘汰的理由也各不相同，有说没有潜力的，有因为略微变胖被淘汰的……

　　从四年级到五年级的时候又退掉了一批，最后还是剩下8个，到了临近毕业的时候她们班级女生从一年级入学到毕业的时候只有4人留了下来。她们被选进了中央芭蕾舞团，在那里万琪武则已经开始走上了主演之路。

现在的陆卫苏掰着指头算了算，这几个有着 60 多年师兄妹情谊的同窗们，有的已经去了中国香港，有的去了加拿大，还有一个去了美国，不禁十分感叹——相聚时难，别离也太过漫长。

寻觅人生的舞者 【下】

　　有的人一辈子只能专注干成一件事，其他的事情对于他们来说都是负担。有的人一辈子只能爱上一个人，只要有了那个人的存在，其他的人和任何东西都已经不再重要了。曾经的某段时间内，我一直在思考一些事情——如何在有限的时间内创造出无限呢？是否有一种力量能够帮助人战胜对死亡与未知的恐惧？这是关于哲学的终极提问，但至少在万琪武和陆卫苏的身上，我可能已经找到了答案，那便是——唯有艺术能够在有限的空间内创造出无限，也唯有爱情能够帮助人战胜对于死亡和未知的恐惧。

01·序幕：纺织女工和沂蒙颂

芭蕾舞团里的演员跟着老乡们一起劳动。在那样的环境下你压根不可能光吃粮食不干活儿。要种庄稼但山包都是圆的没有土怎么办？朴素、勤劳的老乡们就挥舞着锄头把石灰岩翻过来砸碎，再让它风化成土，然后再进行播种。勤劳的中国人民生于这片土地上，从未向哪怕是这片土地本身妥协过。芭蕾舞团的万琪武他们无论男女都跟老乡们干着一模一样的繁重体力活儿。他们明白，只有弄懂这片土地上的人民对于土地的态度，才能领会他们对土地上其他事物的态度。中国人朴素的哲学观从低到高、从浅到深向来都是一以贯之的。

芭蕾舞团里的舞者们在生活上接受能力很快很强，

尤其是活泼开朗的陆卫苏，她像个百灵鸟一样，无论走到哪儿都把欢声和笑语带给大家，她还有一手绝活儿那就是帮老乡们摊煎饼。她摊煎饼的技术可厉害了，即快速又不会粘锅。老区的老乡们摊煎饼用的是白薯面。她摊完了之后，万琪武就把这些煎饼一筐一筐地装起来。院子里面有一个大缸，等到有菜的时候，无论是白菜也好，还是烂菜叶子也好，都扔在这个大缸里面进行腌制。那个年代大家吃饭都是在一起集体吃的，但从来不会说一家人都坐在桌子上面吃饭，从来没有过。大家吃饭的时候会在筐里面拿出一个煎饼，然后到大缸里面捞一根咸菜叶子就着煎饼，站在那里就能把饭吃了。

吃饭都是这么艰苦的条件，有的人家生活却更艰苦——家里头只有一条比较好的裤子，所谓比较好的裤子可能也就是破洞比较少而已，家里谁需要出门才能穿。在老区里最让陆卫苏头痛的事还不是吃和穿，在老区那儿水资源非常宝贵，一个多月没有水洗澡是很正常的事情，平常能擦擦脸就不错了。还有虱子、跳蚤到处都是。这让陆卫苏这些女孩稍稍有些难挨。

芭蕾舞团睡觉的地方由于是仓库，门缝非常大，到了夜里的时候山里的寒风呲溜溜地往屋里头钻。所以整个晚上他们得用军大衣全副武装把自己的身体全部包裹住。山里的夜晚风大露水重，不可能把军大衣脱了睡觉，就是在这么艰苦的条件下，他们待了整整一个月。你说苦不苦？

我们听着虽然苦，但听两位老人讲述的时候他们的脸上却是一脸缅怀的神色。在陆卫苏和万琪武的记忆里，老区的乡亲们曾经好好款待过他们两顿饭。一次是老区的人听说中央来人了，是毛主席身边的亲人们，于是老乡们拿出他们最好的东西——豆腐渣子和白薯藤炒在一起款待了他们一次。白薯是乡亲们一年四季的干粮和主食，除此之外那里没有任何别的东西。所以能把豆腐渣子和白薯藤炒在一起就是老乡们拿得出来的最好菜肴了，这对他们来说真的是美味佳肴。

还有一次是他们即将离开的时候，他们住所隔壁的老乡家听说他们要走，就把自己家的看门狗给杀了，说是给他们送行。老乡们自己一年四季没有肉吃都舍不得杀狗，但他们的感情就是朴实深厚到了这种地步，听说舞蹈团要走，他们就是忍心把自己家里的狗杀了给舞蹈团的年轻人们送别。

在万琪武和陆卫苏的记忆里，那天送别的时候特别感人。团里的车子来接他们的时候，乡亲们拦在轿车前面久久不愿让他们离开，那种感情真的非常质朴，老区的乡亲们把他们当成是毛主席的亲人们，也就心心念念、真真切切地把他们当成了自己家里的娃儿。亲人、娃儿，乡亲们就这样称呼大家伙儿，即便他们回了北京之后，乡亲们在得知万琪武和陆卫苏有了孩子后，还给他们寄来了鞋，上面是他们自己绣上去的花。这种情谊太真实、太珍贵，所以即使经过了几十年的岁月磨砺，却永远抹不掉、忘不了。

这一段经历在他们的艺术生涯当中，影响如此之巨大。以至于团里同去的年轻人都在回来后暗暗发誓——在舞台上，应该要好好地为人民而服务。他们演的东西就应该是适合人民的，人民喜欢看的内容就是生活中最真实朴素的部分。跟人民搭建起一个艺术的桥梁，是团里每一个人的责任。也许就从那个时候起，团里的年轻人明白了一个道理——人生不能没有梦想，没有梦想的人生只会虚度年华。梦想同样也不能没有信念，没有信念的梦想是自私的、脆弱的，只有搞清楚为何而战的梦想才开始真正有了价值。

02·高潮：红色娘子军

就像在《沂蒙颂》里这些芭蕾舞团的年轻人领悟到

的那样，他们开始编排更多基于真实事件改编的剧目，其实艺术本身就是把这些身边的人和一些感动的事通过艺术形态更好地传递出去，让更多的人知道，这才是舞蹈的精髓。

在中央芭蕾舞团有着各种各样的剧目，比如芭蕾舞剧当中的《红色娘子军》《草原儿女》。现在就更多了，诞生了许多反映中国文化的舞剧。比如前两年的芭蕾舞剧《魂鹤》就源自一个真实的故事改编——丹顶鹤女孩徐秀娟为了保护丹顶鹤而不幸牺牲的感人故事。对于中央芭蕾舞团的舞者们来说，要弘扬这样的精神，他们一辈子没有从事过别的工作，一辈子的时间都在这个事业里头摸爬滚打过来。他们希望芭蕾舞应该给更多的人去传递一些精神和一些他们所不知道的故事，这才是艺术的真谛，也是他们工作的价值。

回到北京团里后，他们的训练更为刻苦了。整天在教室里打磨技艺，从早晨进入教室，到4个小时结束后出来吃一点东西，稍微午休一下。下午便又接着训练，尽管脚磨破了，还是接着穿着足尖鞋继续跳，有时候脱鞋的时候，鞋子里面都是血，但是大家好像已经被磨炼得很习惯。

并不是他们没有感觉，身体上的痛还是非常厉害的。但是在当时大家伙儿的信念，就是为工农兵服务是不讲任何条件的。他们到全中国各个地方体验生活，也给当地的乡亲们带去一些文艺节目。有的地方条件非常艰苦，根本没有舞台，就是一个简单的土台子。记得在大庆油田慰问的那次，甚至就在钢板上跳。芭蕾舞这种舞蹈形式对于地板的要求是比较高的，不但需要木板还得是松木的地板，只有松木的地板才有弹性，还得在地板上面铺上地胶。非常讲究的芭蕾舞教室都有极为严格的规格，才能让芭蕾舞演员去跳。但对于中央芭蕾团的演员们来说，到了地方上无论什么样的条件都不讲究——他们到部队的操场上也能跳，有舞台的就在舞台上跳，至于是什么地板都根本不会在意。在泥地上一转一个坑也要跳，在延安冬天的时候被冻的脚完全没有了知觉也要跳，只能在候场的间隙使劲跺脚让它稍稍暖和一点。只要是舞蹈的音乐一响起来，中央芭蕾舞团的演员就像听到了冲锋的号角，台上的形象马上就得出来，该怎么跳就怎么跳。那个时候，大家都在说一定要对得起我们的人民、我们的观众，不能有一丝一毫的折扣和打马虎眼。要是谁不小心在舞台上摔了一跤，回来都得自我检讨好久。其实有的时候根本不是演员的过错，有的时候是因为鞋滑，有的时候是因为舞台滑，更多的是因为压根就没有舞台。但大家都不会找这些客观的理由，那时候大家的责任心都很强，到了台上就没有任何理由，只有责任事故，到了台上就只有把最好的一面呈现给观众这一个使命。没有其他任何的理由。

记得那年毛主席逝世了，芭蕾舞团到广交会去出临时的紧急任务——演出《香樟曲》这个芭蕾舞剧。万琪武演里面的书记，陆卫苏则演他的童年，她扮成男孩子，因为角色关系她需要做高难度的双人舞及大跳的动作——导演设计什么大家就照着做什么动作。那时候陆卫苏的膝盖已经受伤，可是导演给陆卫苏扮演的角色设计的动作，是刚刚被国民党折磨后被红军解救，为了向红军战士表达救命的感激之情需要大跳接双膝下跪，以更好地展现出舞蹈的效果，与舞者角色的情感。演出结束，医务室的大夫告诉陆卫苏，她的膝盖软骨已经磕碎了。

还有一次在广交会演出的时候，陆卫苏演出完一场后住所的楼梯都已经走不上去，她是拉着扶手一步一步走上去的。第二天还要演出，化完妆后只要听见音乐一响，所有的伤痛都在那一刹那已经完全无法顾及，该跪就跪，该跳就跳。他们好像就是为了舞台而生。那个时候，芭蕾舞团的他们从来都不请假。有段时间舞剧《天鹅湖》的演出场次较多，陆卫苏担任的角色是"四小天鹅"之一。直到有一天一个导演路过看见陆卫苏正好脱鞋，导演发现陆卫苏的脚骨头已经肿得像是两个大灯泡一样透明了。导演劝她："你这样不能再跳了，别上台了。"陆卫苏却并不在意。在团里的时候，好像从来没有人说因为自己有伤痛就不上台就请假的，没有持这样想法的人。那个年代的芭蕾舞团的年轻人很能咬着牙吃苦。后来万琪武和陆卫苏才知道这个东西的名词叫作职业精神，现在很多演员再也没有这种职业精神了。他们的这种素养，是经历过岁月的沉淀、体会过人生百态后的结晶。

芭蕾舞团的剧目有很多，但对于大家来说或者对于团里来说影响最大的一个剧目叫作《红色娘子军》。这部戏对芭蕾舞团来说具有里程碑式的意义，《红色娘子军》是中国历史上第一部现代芭蕾舞剧，这部芭蕾舞剧于 1964 年 10 月 1 日在首都天桥剧场进行了首场公演。虽然即便到现在提到《红色娘子军》这个名字还是无人不知无人不晓，但是这个剧目背后有关创作的故事就少有人知晓。如果不在这里讲述的话，可能这些不为人知的故事就将湮没在时间的长河里。

　　还记得我们前面提到过的万琪武和陆卫苏学习过的舞蹈学校吗？在新中国成立后的那段日子里，国家亟需把文化建设的速度加快起来，之前的舞蹈学校就是在这样的背景下成立起来的。但是时间到了 20 世纪 60 年代，日本都开始演中国题材的革命舞剧《白毛女》，而中央芭蕾舞团演来演去还都是国外的经典剧目，没有一个属于自己的东西，为此芭蕾舞团还受到了领导们的批评。

　　这个时候，周总理开始亲自关注这件事来，他没有强迫大家马上进行创作，首先周总理给出的方案是希望我们能够演一个哪怕是《巴黎公社》这样的作品，通过编排外国的剧目再慢慢转向演中国题材的作品。这下子芭蕾舞团上上下下都开始紧急进行研究，选来选去，大家还是选择了《红色娘子军》，并没有选《巴黎公社》。所以后来总理看团里的演出之后，高兴地说："我自己是落后了，我还想着你们先演一些外国的革命史，没想到你们一上来就演中国的革命，这部戏确实很成功。"

成功也是因为毛主席生前对于这部戏的评价，当时芭蕾舞团前面出来了好几个戏，毛主席都是一个一个观看。到了《红色娘子军》这个戏出来之后，中央芭蕾舞团准备到广州去演出的时候，道具、灯光、服装都已经在火车上，准备要运走了，这时候突然撤下来了，不让运走，临时有任务，撤回来后大家就按部就班地开始准备临时加演的任务。

那个时候芭蕾舞团接待外国元首的任务比较多，各国元首大多会观看《红色娘子军》这场戏，包括在人民大会堂的三楼小礼堂就是专门给各国元首看表演用的——那时候在人民大会堂举行完宴会之后，会安排外国元首们来观看这部戏，因为这部戏在当时是共通的，不像别的戏外国友人不一定看得懂，只有这部最适合。包括尼克松他们过来，都是请他们看的《红色娘子军》。

所以这个紧急任务大家并不意外，都以为是别国元首来的临时加演。反正大家都习惯了这个阵势也无所谓，马上化妆赶紧准备着上场。万琪武是男生里头第一个出场的，他演的是恶奴老四——这个被载入中国芭蕾舞史册的人物形象。

在第一个序幕，老四到牢房里面去抓吴琼花，要把她卖掉。万琪武站在台上一看，就将观众席从这一头看到那头，结果没看到外国友人，却看到毛主席坐在前面。刚开始的时候他还没有看清，就看到一张脸和红光，再定睛一看，真的是毛主席！主席离舞台很近，前面没有人挡住，万琪武这下高兴坏了，之前在天安门的时候他只是远远看到过毛主席一次，离得这么近这还是第一次！他偷偷把这个好消息告诉了团里的伙伴们。演出结束以后，毛主席从侧幕上来跟大家握手，万琪武至今还记得团长指挥着大家一共十二个人都站得笔直，由于万琪武在最边上，他是第一个跟主席握手的！

万琪武兴奋得有些过头了，握手时候没能控制住自己的劲儿，他自己吓了一跳，生怕自己用力过猛。没想到主席的手很软，这才打消了万琪武的担心。毛主席身材高大，显得很是威严。他看见万琪武，认出了他是演反派老四的角色，可能是因为万琪武的反派角色刻画得太深入，毛主席只是简单得和他握了个手，看了他一眼，好像还没有从对反派人物的厌恶情绪里走出来。毛主席和第一行的人们握完手之后就从另一侧的台口下去了，没有讲什么话，但是后来团长告诉大家，毛主席在休息的时候说，这出戏里革命是成功的，方向上是对的，在艺术上也是好的，肯定了大家的表演。

1971 年，《红色娘子军》要拍电影了，拍电影就是把这个作为样板戏，所以当时万琪武他们的工作就围绕这个展开。当时用的胶片都是从英国引进的，而且是用特批的外汇券引入的彩色的胶卷，据说胶卷特别贵。所以领导关照大家一定要做到节约，甚至规定了不能够超过多少米的长度。因此每场戏的拍摄不能超过三次就必须成功，如果失败了，就超过了胶卷的定额，胶卷就不够用了。

万琪武还记得那个时候拍电影是在北京体育学院里面搭的棚，又在棚子里面搭着景来拍摄。那时候国家物质条件比较困难，电压不稳定，白天有好多的工厂要用电，所以白天的时候总是停电。大家只能半夜等到工厂停工的时候，再在棚子里面拍摄。为了电压稳定能够把效果拍得更好，拍到天亮演员们才回团里，一直都是这样子持续了三个多月。当时演员也没有休息的地方，就在摄影棚休息，因为布光需要1~2个小时，操作很困难，所以演员们可以就地休息一会儿。

一次困得熬不住的万琪武在棚子里小睡一会儿，听到开拍的声音响起的时候他马上从地上起来，扮演吴琼花的人个头比较高，后面戏里有个动作是把吴琼花从地上拉起来，往空中扔，只听腰"咔"一响，万琪武不能动了，只能打上止痛针拍完这段"双人舞"。为了不耽误电影拍摄的进度，万琪武只能打着止痛针上场。那个时候演出就是命令，什么都要抛在脑后，没有二话的。这个伤痛伴随着万琪武一直到现在，但对于一个舞者而言，伤痛也是他最好的勋章。

再后来，《红色娘子军》这出戏走出了国门，他们被安排去欧洲的几个芭蕾舞发源地进行巡回演出。原来计划里说是出去一趟大概半年的时间，先是阿尔巴尼亚、罗马尼亚、南斯拉夫，接着就是法国、英国、意大利，用半年的时间到这些国家去巡演。

至今他们仍然怀念当年出国演出时候的那种状态。每出戏里都有各种各样的角色，他有他的角色，我有我的角色，可以说一直交叉在戏里头共同完成。比如像《红色娘子军》里总共 60 多个演员需要参与，一个演员需要分饰多个角色。

陆卫苏怀念起当时，脸上露出开心的神色——那个时候台上是一出戏，而台下则是一场战争。女演员们因为转换角色，抢妆抢得一塌糊涂。第一幕演南霸天府里的丫鬟，第二幕你就要上娘子军了，戴帽子穿军服拿着刀枪全部装备好。第三幕你又要做南府里头的丫头，送茶送水果的这些角色。第四幕你又要上战士，第五幕你要上小分队的戏，参加山头的阻击战。到了第六幕奴隶解放，又要穿上奴隶被解放的服装。每天都是这么多，每一场都有自己的角色，所以一场演下来，真的异常辛苦。因为有太多的角色要记住。化妆室里主要演员的妆是由化妆师来化，因为要贴头套这些特殊的化妆。其他人都是要自己化妆的，所以团里的女演员被训练得洗澡也很快，团里就只有一刻钟的洗澡时间，这么多的演员两个浴室、四个喷头，全部都洗完。人们都不能想象，一刻钟好几十个人都能洗完澡，大家都能够配合得如此严丝合缝。

中央芭蕾舞团先是去了阿尔巴尼亚演，然后到罗马尼亚，到南斯拉夫，巡演快结束的时候团里已经跟法国那边沟通好了到达的时间。中国的大使馆忽然就把大家拉到山上去了，说今天不练功了，大家上山玩，上了山后大使夫人出现，站起来口述，没有任何文字的东西，她告诉大家国内出大事了，即林彪叛逃事件，团里算上乐队170多人一下都愣住了。

"四人帮"倒台，团里正好在西德演最后一场。那天演出完了，正好在谢幕，那一天西德的观众却特别激昂，又跺脚又鼓掌，团里认为是观众热情，所以就不断地谢幕，后来才知道国内"四人帮"倒台了，观众们在欢呼的是这件事。但是艺术并不会受到政治的束缚，中央芭蕾舞团一直在跳，现在在国际上都很有威望，得奖的演员也非常多，走上国际的舞台而且被世界认可，这是中央芭蕾舞团做出的巨大努力。

陆卫苏还记得在"文革"当中的很长一段时间里，团里有一个不成文的规定——除了体验生活之外，每个星期五都是团里的劳动日，大家要到郊区去义务劳动，和工农兵要同吃、同住、同劳动，向工农兵学习。而样板团更要这样去做。他们什么活儿都要干——割麦子、薅草。大家的腰都有问题，膝盖都有伤痛，但只能够趴在地上挠秧。有的真的像是在那儿爬，因为腰受不了。生活真的很艰苦，但也都过来了。

03 · 谢幕：双人舞

跳舞跳了这么多年，万琪武和陆卫苏没有演过对手戏，也没机会跳过双人舞。在舞台上，陆卫苏坦言他们不是一个档次的演员，万琪武是一级主要演员，而陆卫苏是二级也就是独领舞演员，从来都是各自跳各自的。万琪武的舞伴都是主要演员，就只有几个固定的舞伴。一上戏他就跟这些搭档演对手戏，这些都是被安排好的。

但陆卫苏从来就不觉得自己会嫉妒，她特别喜欢看万琪武在舞台上的表演，更喜欢那个在舞台上的他，因为在生活上万琪武有点太弱了。在生活上唱主角的是陆卫苏，在团里这么多年，家里的事从来没有让万琪武操过心，全部都由她来操办——他们在团里住在演员楼的二楼，再上几个台阶就是教室，陆卫苏要抽空做淘米、炒菜、做饭等一系列的准备工作，因为万琪武中午回来要吃饭。二楼也是排演厅，拐一个弯就是教室，在做饭的同时她的耳朵也没闲着，她在时刻注意着音乐，快轮到她了就冲到教室里去排练，该怎么表演就怎么表演。她这一段舞结束了她就又回去开始准备午餐，等这一场戏排完了，午饭也做得差不多了，就这样两边她都兼顾到了。

几十年下来，陆卫苏对所有舞蹈的音乐熟悉得不能再熟悉，到现在随便哼哪一段，她都可以听出来，对应的动作是怎么样得她心里都也能有数。可以说为了照顾万琪武，陆卫苏放弃了不少舞蹈的时间，这个坚强的女人在丈夫和事业之间尽量平衡。但在我们看来，也许这样的情况恰恰说明她的天平已经偏向到了万琪武的这边。

可以说，虽然没有一起在舞台上对舞过，但这对于二人来说并不是什么可惜的事情，他们早已在生活的舞台上翩翩起舞。

回忆起过往两人现在觉得好日子也能过，坏日子也可以过，没有那么多的讲究和想法，并不一定要刻意去追求什么。只是现在年纪大了总归难免会有一些怀旧，陆卫苏记得在团里的时候，楼道里头每家门口有一个煤气灶，大家都吃得差不多。家家户户的房间大门是永远敞开的，大家自己家里的饭菜炒好之后，都放在一起来吃，集体大家庭生活的感觉让彼此之间都能有个照应。如今，这种生活氛围再也没有了，偶尔和老邻居聚在一起的时候，大家说说年轻时候的事情，总是很快乐，这种回忆很难忘，只不过现在再也没有这样的回忆了。

说到来乌镇雅园养老的经历，对于两人而言是一次找回当年生活的朝圣之路。他们先是跟几位发小在北京寻找养老的地方，后来地方也选好了，房子也定了。没想到回到家后，两个人的儿子说"我带你们去乌镇一趟，去那儿看看"。说是看看，其实子女们已经在乌镇给他俩买好房子了。

乌镇雅园里有教室、有镜子、有把杆，这是两人在其他养老院都没有看见过的东西，这些东西对他们而言，又一次唤醒了他们骨子里的热爱和激情，这个地方太好了！所以两人二话不说就直接住下来了。

虽然说是在安享晚年，但万琪武和陆卫苏并没有闲下来，团里的生涯早就给他们的血脉里刻上了终生学习的印记。他们把自己多年以来关于芭蕾舞的技巧和理解传授给社区里的人们，让他们在这方面能够真的有所长进，同时也能把乌镇雅园的文化活动做得更丰富多彩。他俩还是诗社的发起人，也是经典音乐舞蹈沙龙发起人。

现在他们把自己的爱好跟大家的兴趣融合在一起，

在乌镇雅园把生活过得异常丰富。有空的时候，他们会在社区里做有关芭蕾舞的讲座，让大家走进芭蕾、认识芭蕾、喜欢上芭蕾——因为毕竟芭蕾跟普通百姓的生活还是有一些距离的，他们给大家讲《红色娘子军》的故事，大家听完之后，也都是发自内心地兴奋，迫切想要学习里头的动作。

在我们采访两位先生之前，他们刚刚给社区里的朋友们讲完芭蕾舞剧《吉赛尔》。习近平主席出访朝鲜带过去的作品一个是《红色娘子军》，另一个就是《吉赛尔》，前两天他们二人刚刚给大家分享完这两部戏。他们通过哑剧的肢体动作和大家互动，然后再给大家放这两部戏的时候，大家就都能看得明白了，众人看懂了之后的兴奋也让万琪武和陆卫苏很受感染。

社区居民对于芭蕾舞的热情也让他们真的深受感动，他们觉得自己依旧有用，仍旧在为芭蕾舞的普及尽上一份力。不管是芭蕾沙龙还是诗社，都能提高人的精神文化层次。在乌镇雅园的生活，万琪武和陆卫苏的故事还远远没有结束，他们不仅仅是在传递着艺术，也会把艺术当中的精神和当年的这些经历，更多地传承给下一代。

如何在有限的空间里创造出无限呢？也许艺术会帮你脱离身体的牢笼，在万琪武和陆卫苏漫长的舞蹈生涯里，他们无数次跨过身体上的苦楚和疼痛、生活上的艰难和困苦。他们唯一追求着的是在艺术世界的海洋里畅游的愉悦。又是什么样的力量能够帮助人类战胜对未知和死亡的恐惧呢？两个用尽一生的精力在追求芭蕾艺术、互相成就彼此的人的故事告诉我们——也许对于一件事物的喜爱、对于一个人的热爱，能够让人类忘记对未知的、已知的全部事物的恐惧！他们能做一对寻觅人生的舞者，直到生命的尽头。

无水之湖

有些人是不喜蝉鸣的，因为他们的心里是一泓止水。

当我们跟随顾华女士走进杭州的桃花源小区的时候，一树树的夏蝉正此起彼伏地演奏一场盛大的交响乐。虽然天气酷热得让人不愿意哪怕只是动上一动，但尽职的保安见我们进来完成必要的登记后，仍旧一丝不苟地对我们敬礼致意。

当保安的指尖画出一个近乎完美的弧度，碰触到他微微冒着汗的鬓角的瞬间时，一直恬静怡然不为外物所动的顾华女士的身体轻轻抖了一下，好似在酷热难耐之际突然饮了一口冰——那是来自灵魂和骨子里的战栗……

桃花源是中国人骨子里关于一切美好栖居的理想国，那里应是屋舍俨然、纵横阡陌；那里应是芳草鲜美、落英缤纷。而眼前的这个桃花源，像是现代的建筑艺术家们对自己关于千年之前存在于陶渊明想象中的画面的再一次呈现。

人无法两次踏进同一条河流，但人可以无数次想象出同样美好的理想家园。就在安静与沉默的行走中，顾华女士的居所到了。首先纳入我们视野的是车库，车库的门紧锁着，看上去并无什么特别之处。

顾华却在此停下了脚步，指着车库对我们说道："车库里的东西是我今生最大的财富。"

"哦？那里面是什么？"我们摸不着头脑，所谓车库里的财富难道指的是豪车？

"那里面锁着的是一吨多重的田黄石原石，田黄你们知道吧？"顾华见我们没有头绪，便解释了几句，带我们进了屋内。而我们的思绪，还停留在紧锁着的车库以及田黄石的价格与一吨这个重量单位求和换算后的震惊上，直到主人给我们奉上了茶水，一段讲述就在我们的震惊与疑惑中，像在平静的水面上投下了一块石子，往事如皱，徐徐展开。

01 · 赌石者说

赌石之说，来源已久。赌石行内有一句话："一刀穷一刀富一刀穿麻布。"这听上去应该是个刺激的事儿，而顾华的赌石却与别人不一样，或者更直接的描述应该是顾华根本不懂赌石。因为她的这些原石从不打开，因为不打开所以没有一夜暴富的刺激，也没有巨大挫败后的失落。她仅是一个不确定性的收藏者，或是薛定谔的猫的另外一个主人。

　　一吨多重的田黄石原石，放在车库蒙尘已有数个年头。那一年，股市里面大起大落，一个礼拜以前顾华卖掉了所有股票账户上的资产，一周后股市大跌，幸运的顾华逃过一劫。一个做玉石生意的朋友跟她说——既然你股市赚了钱，不妨买一些原石试试手气。顾华不懂什么叫赌石，也不信气运之说，但是她有自己的判断——那就是自己的感觉。顾华觉得自己赌的石头，就是买进来，无论输赢。甚至到现在为止，顾华都不太清楚这种田黄石的原石赌出来的东西究竟叫什么。翡翠，抑或是其他什么东西？这些对她来说都并不重要。

　　她不愿意打开来看，她觉得打开来就明白了，价值也就确定了。而买来以后不打开就放在那里，不管它里面有或没有，顾华都当它有的。即使是没有，也当它有。味道就在这里面了。

　　顾华，这个不懂赌石的赌石者说："公式永远存在，你说对不对？所以美好就美好在这里。有时候我这个人就是充满着自信的。有些人的自信是源自财富、权势或者长相，但我自信就自信在我的感觉，感觉这种东西是说不清楚的。"

尽管这些年来，原石的价格就已经足足涨了一百倍。顾华仍旧不喜欢把这些原石当作有价的货物看待，她还是喜欢收藏这些外形并不美好的坚硬的石头。

但在她后续的讲述中，我们终于试着去理解。也许对于顾华而言，她并不是喜欢收藏，更不是喜欢这些石头本身，也不是那些巨大的不确定性。而是在这些石头当中，存在着一个人类永恒的公式——希望。

希望永远存在。

02 · 咸味的雪

顾华出生在一个民国时期典型的大户人家，他们家的房子是位于司马渡巷上一套早年由英国人设计的独栋小别墅。内饰却又中西合璧，有花园，有裙房，家中 9 个孩子，8 个奶娘，6 个勤务兵。在顾华儿时的记忆里，房子很大，上上下下要是跑个遍的话，对于那时幼小的她而言，可是需要花费不少的力气的。所以她更愿意依偎在父亲身边听他讲故事。

顾华的父亲曾在国民政府时期任江浙两省盐务管理局局长，狷介之士，兼有一派风雅的气度，外形本就清瘦，加上戴一副眼镜，更显几分儒雅器宇。偶与客人夜来小酌，侃侃訚訚庭院中，借酒兴便要吟诵几句古诗。可谓"谈笑有鸿儒，往来无白丁"，交际往来互赠之物也以古玩字画居多，偶有书籍。

说到底，清末民初的盐市高度垄断，市面之流通皆为官盐，非常人可以染指。私盐商贩一旦落网，轻则坐监牢，重则掉脑袋。由此而知，顾华的家庭条件可以称得上大商巨贾之家。

红军长征胜利后，抗战全面爆发，国共迎来了第二次合作，红军因而改编。顾华的父亲曾一度冒着生命危险，亲自率队给被围困在苏北的新四军送过盐。在这件事上他倒也没有深想，他只晓得战时缺盐，长久遭日军围困更是加倍缺盐，那可都是一个个活生生的人啊，是人就离不得盐。而他手上别的没有，有的是盐。按照顾老先生的朴素哲学观——因为吃盐是人的事情，跟政治、跟信仰、跟其他都没有关系。你封锁，他就提供。

为了突破日军的封锁，顾华的父亲择了一个大雪的天气。这在顾华的记忆里尤为深刻，因为父亲每每日后给她讲起这段故事的时候，总会扬着眉头，夸张地给她比画道——那雪啊，每一片都跟袁大头差不多大小似的砸到地上，人站在雪里不一会儿变成了雪人。与此同时，父亲慈祥的指头仿佛和雪花一样轻轻巧巧地落在她头上，逗弄着她。父亲每次说到这里的时候，总会自言自语地感叹一句：那雪啊，是咸的嘞！

　　他们弃用车队，私下招募男女老幼几十人，乔装成逃荒的难民，每人身上的破袄全用高浓度的盐水浸渍，晾干后穿在身上。大雪瞬间堆满了他们的袄子，丝毫看不出痕迹。然后他们结队行走过哨卡，毫不费力轻易过关。等入了新四军的营地后再把破袄脱下，逆向处理成盐水。如此往来数回，从不同关卡出入。对新四军而言，雪中送盐要比送炭更为可贵。对顾华的父亲以及在那个时代被盐所哺育的人而言，可能那雪自然就是咸的了吧。

　　但在顾华关于儿时模糊却又鲜明的记忆里，童年的冬天，即便是大雪天，也从来不会觉得冷。冬天的时候家里的沙发全都是真皮的，小小的身体坐在上面就像包裹在皮草里。边上的铜炉炭火烧得正热，从玻璃窗外望出去的大雪也只是觉得新奇好玩罢了，俨然体会不了所谓严寒。到了夏天的时候，皮沙发就仿佛自动变成了红木的沙发，坐在上面又会觉得凉爽光滑。夏季日日不断冰，家中有冰窖，储冰甚至能惠及家佣。一年四季都可以洗热水澡，那时，一般的大户人家也做不到每天都洗热水澡的。

顾华的幼年时代，就在这样的氛围里无忧无虑地度过。在顾华的儿时回忆里——母亲极漂亮，身材高挑，身姿如军人般挺拔，美得正气而无丝毫邪魅，端庄贤淑之余，双目炯炯英气逼人。她毕业于南开大学，对一切关于艺术的东西都似乎有着天然的嗅觉和天分。客厅有钢琴，不止一架，顾华的母亲是所有太太当中弹得最好的。顾华深刻记得，母亲弹得最熟最好的一首曲子是巴赫的《C大调前奏曲与赋格》，常常能使大厅的喧闹戛然而止，顷刻间鸦雀无声。

童年时代的母亲似乎如同这个世界上大多数的孩子关于母亲的印象一样，那就是温暖、关爱的代名词。或者还不止，须得还加上聪慧、开明、通达等，然而这种记忆因为其深刻，所以存在也便只是短暂。

顾华的父亲因曾担任国民政府的要职，后来便被打成了右派。不幸中的万幸是，因为曾经在那个时代冒死送盐，救了千千万万人的性命，便也冥冥之中等于救了自己。虽然被拉出去批斗也好，再教育也罢，总算保住了一条性命。只是每次顾老先生遇到下雪天气的时候，总是神神道道地念上几句："这雪啊是咸的嘞。"也只有站在一旁的顾华，能够明白父亲的念叨源自何处，但也只能在心里默默叹上一口气。那多余的情绪便也无处无人无暇可以与之诉说。

在顾华的记忆里，父亲的故事结束于 20 世纪 80 年代的某一天。那一天父亲晚饭前拿着一份《参考消息》边吃饭边习惯性地看着报纸，那是父亲老年生涯的固有安排，桌上固有的东西还有一壶酒，那天的一切似乎与往常并没有什么区别。只是顾父在那天多喝了一壶酒，胃口也很好。半夜的时候却因为心肌梗塞，溘然长逝。

在顾华关于父亲离世的那段记忆里，父亲走的神情应该能称得上是愉悦的、欣慰的。只有细心的顾华翻开了父亲的遗物之——那天的《参考消息》，一个父亲常念叨于嘴上的名字出现在了那天报纸的某个角落。那是父亲的亲弟弟，在新中国成立前夕去了台湾，不知是被裹挟还是随波逐流，但那是顾父老年唯一的惦念。人老了，家在身边，无论境遇变幻怎么样，都还能算是个完整的家了吧。只有这个亲弟弟一去便再也杳无音信，不由得老人家不惦念。

现在回想起来，20世纪80年代的杭州某个夏天的那个傍晚，顾父晚饭的时候终于在报纸上看到了失散多年亲弟弟的消息——他已担任了国民党在金门马祖的防守司令，因此才有资格见诸于报纸上。顾父见弟弟终于有了音讯，心里悬了多年的希望之石终于落在了地面。他心里既踏实又兴奋，多年的期盼和夙愿都化成了杯中的浓酒、心头的热血。那是多年的希望和担忧全部沉沉砸在地面和心头的震动，可这滋味又有谁知呢？顾华的父亲顾老先生这辈子，一次是把希望带给了别人，一次是把自己的希望给盼来了，他走得应是安详的。父亲的故事对于顾华而言，终将有一天亦会变得模糊，但刻在她骨子里都不会忘的是咸的雪、浓的酒，还有藏于现实背后的希望。

03 · 无水之湖

对于顾华的少年时代而言，一切的苦难源自她模糊的认知——那是从搬离司马渡巷开始的。一夜之间，闲适静逸的生活随着居所的变化而被吹散得四分五裂。身着军装的士兵们在她从小长大的地方来来回回，神情严肃。然后他们就搬进了一间狭小的公寓，终日面对的是墙壁挡不住的流言蜚语和赤裸裸的白眼相对。连固定分配的煤气罐，顾家都经常被刻意地少送一份，就更不要提其他什么事情。生活上的现实境遇即便能熬，但精神上的折磨却让他们万般痛苦。所以哪怕时至今日，顾华仍对军装，对于哪怕是保安的敬礼都心有余悸，恐惧就像是瓶陈酒——时间拖得越久，那感觉就愈发强烈。

记忆在如今的顾华的脑海里逐渐褪色，但她仍记得的却愈发鲜明愈发深刻起来。那鲜明源自于现实对于她的嘲弄，那深刻也缘于她的反击和不甘。

在顾华的小学时代，她的记忆是由哐哐哐敲得震天响的金属声和精神崩溃而掉下树的麻雀构成的画面。小学时代的顾华正赶上除四害运动的开展，每天下课都会把铁锅脸盆敲得震天响，撵着麻雀到处跑。无处释放的荷尔蒙就在这些巨响声中，就在精神衰弱而掉下树去的麻雀的画面中消磨殆尽。在顾华的记忆里，每天早上都要汇报自己抓了几只麻雀老鼠、打死多少苍蝇蚊子。她的记忆深刻就是因为这巨大的现实性的荒诞——人总是愿意记住那些意料之外、出乎常理的事情。

　　顾华记忆鲜明的另一件事是她十四五岁的那年，国家开始号召大家大炼钢铁，每户人家要把家里的锅子以及凡是有铁的东西都拿出去，不管家里用不用得到，都要拿出去捐到学校去。下课后，他们还要去解放路上进行劳动。在顾华的记忆里，那一年的西湖是干涸的，因为据说湖底都是黏土，只有黏土才可以炼钢铁的。反正那时的她也不懂，只是机械性地跟着大家下了课去挖西湖底的淤泥，然后推着小推车，送去炼钢厂。那一年，在明晃晃的日光下头，西湖的水被抽干了。古往今来被无数诗歌赞颂成静逸美人的西子湖，在那一年的日头下好似光天化日被剥光了衣服的女子，赤裸裸地躺在大地上任人蹂躏。顾华每每回想起那个年代的这些事情，总会无比珍惜和感谢现在的生活。

　　顾华的青少年时代就在无比的动荡和荒诞中度过，

毕业以后她与丈夫因为游泳而相识。因为她毕业后从事水上运动被分配到了室内游泳池搞训练。那时候，每年都要进行学习毛主席畅游长江活动——从杭州的萧山游到六和塔。

顾华的工作是负责训练孩子——像杭八中、杭九中这些学校的中学生来参加横渡钱塘江运动的都归她来训练。而顾华的先生那时候是在船头扛大旗的。

君在船头扛着大旗，我在船尾负责救生——这是那时候他们两个人最真实的写照。因为两个人的家庭成分都不好，所以最苦最累的活儿自然都是他们干。每天早上天不亮的时候，两个人就要去训练——打水板，大腿带动小腿，天天如此，机械往复。因为两个人同病相怜，时间久了自然由惺惺相惜到暗生情愫。他们在短短的小船上，从船头到船尾的对视中相恋了，在早起的晨光与落日的余晖中相恋了，在溅起的水花和晕散的涟漪中相恋了。

美好恋爱故事的尽头总会有不近人情的家长的身影——直到顾母发现顾先生的家庭成分也不好。那个曾经在黑白键上奏响巴赫的 C 大调的女子，早已从浪漫天真的理想主义者变成了直面现实的严肃母亲。这个饱受现实教育的母亲并不同意他俩在一起，她希望自己的女儿能够找个家庭成分好的对象，不要再让自己的女儿在冷眼冷语里抬不起头来。但她显然不够了解自己的这个她自认为的静逸闲适的女儿，顾华没有屈服于母亲的劝慰与阻挠。幼年时代、少年时代给予她的静逸闲适从来都不是基于妥协的沉默，而是赋予了她安静着却从不轻易妥协的力量。为了与他在一起，她从家族里彻底走了出来，身无分文，连替换的衣物都没有拿，光剩一个人。从此以后，顾华与丈夫一过便是 53 年。

净身出户后的整整 10 年，顾华与家族，尤其是母亲方面断了音讯。1968 年顾华生下了大女儿，直到 10 年后——计划生育的前一年，她又怀上了二胎。有着十头牛都拉不回来性格的顾母才逐渐接受了这个事实。杭州人家女儿生产前有个习惯——会在临产前几天送上催生包，催生包里大抵是些婴孩的衣物和吃食。顾母托了几个医院的朋友给她送来了催生包，这根扎在母亲和顾华心头的刺，这才随着二孩的出生慢慢被拔了出来……1978 年小女儿出生了，那就好像一个轮回，一个新生命诞生的那一年，顾华又回归到了家族中去。

04 · 墓碑前的读信者

有出生，便会有死亡。

我们应该随着顾华的视角开始倒叙，那些往事应该像是被从高处倾倒而出的水流，自上而下击打在记忆的巨石上，又被切割碾散成无数细密的水花，旋即又四溅开去，再也不见了踪影。

　　时间倒回到今年的某一天，顾华在杭州附近的陵园里，一座被打理得干干净净的墓碑边上开始读信。她语气平和，好似对于爱人的离去、对于死亡本身没有任何情绪上的波动。信里都是一些琐事，细小到不能再细小，比如大外孙女今年新写的论文、二女儿的羽绒生意今年发展的境况，还有自己最近新学了油画，自己又都画了哪些事物……读到愉悦的事情的时候，顾华自然地跟着笑了起来，跟周遭肃穆的环境很是不搭。但她也浑不在意，自顾自地读下去。信很长也总有读完的时候，读完了今年的信，她点起火把信烧给了自己那个远在天堂的憨厚本分的老伴儿。每年老伴儿的忌日，顾华都会写上这样一封信，也总会来老伴儿的墓前读上一读……

　　顾华的丈夫去世的那天正好是 2014 年的某个雾霾天。好像老天爷准备好了悲观的环境，只等着悲伤的事情发生。顾华先生的死亡并不很有尊严，或者换句话说——如果所有的死亡都是不幸的话，那么顾华的父亲带着欣慰的笑容离去，显然是属于死亡里面比较有尊严的。而她丈夫的离去就显得不是那么幸运，甚至说有点憋屈——他是活活闷死的。顾华丈夫生命中最后的一天早上五点多，顾华开着电瓶车带着瘫痪多年的他出去兜圈，但到上午的时候丈夫的情况就急转直下，肺部的感染要了他的命。他因为 2 型糖尿病的原因无法手术，正常人肺部感染了可以手术去掉一只肺，然后还有一只可以用，结果他不能动手术。

那个雾霾天里，她的丈夫活活闷死，很惨。呼吸用的插管都没有用，可见他的病情已经走到了尽头。闷死的这一年，她的丈夫是 71 岁。他比她大 4 岁。她丈夫生前的一周，她买了最好的药从美国空运过来，一针就要好几万。一个星期不到的时间里每天都要打一到两针，那就是 60~70 万的花销。但就是这么厉害的针，也救不了他的命。他们一起携手走过了半个世纪，最后的 13 年，顾华把他当自己的孩子一样照料。直到他心跳停止的那一刻，她仍不愿撒开那双早在 13 年前就已毫无知觉的手，紧紧握住，只想留住那点残存的体温。她声嘶力竭，只能无声恸哭，终于瘫软在丈夫僵硬的身体上。直到此刻，她的世界彻底崩塌。她的土地、她的大树、她的靠山，她在人间唯一的精神支柱，顷刻间化为乌有。

丈夫走后不久，顾华就注销了自己的驾照，丈夫的离去让她对捏方向盘有了巨大的心理障碍——那一天早上她还开着电瓶车带着丈夫去兜风，就在同一天里，她亲眼目睹了丈夫的离去。这让她觉得人世间的所有东西，下一秒都是不确定的，所以这些巨大的不确定性让她觉得焦虑和难以接受。

让我们再把时间倒推回到 12 年前上海的某个夜晚，那正是万籁俱寂的时分。上海某医院的 28 楼却并不安宁，顾华的丈夫正躺在这家医院 28 楼的床铺上，咒骂着，要求护工帮自己跳下去。他嘴里喊着："是你害了我，骗我来上海，把我弄得完全瘫痪，再也不能忍受这种煎熬了……"整个楼层里回荡的都是顾华丈夫绝望的号叫声。

他再也承受不了自己高位截瘫、手和脚都无法再动弹的事实。确实，曾经的他是多么英俊潇洒，甚至在认识顾华最初的那段日子里，他还是省的轻量级拳击运动员，游泳也游得非常好。他们一起经历了改革开放，一起把这个家从穷困的泥沼里拉了起来——他们的生意颇具规模，2001 年初，顾华的事业顺风顺水，公司业务越做越大，她还相继买了两套毗邻西湖的湖畔房。在她少年时代对她冷言冷语的邻居玩伴们，在这个时候却像拼了命一样来与她套近乎，仿佛儿时的那些冷暴力从来没有存在过，但顾华却始终无法原谅她们……

2001 年的圣诞前，中国刚刚加入 WTO，顾华却接连遭遇了人生中最大的灾难。幸福的生活千篇一律，不幸的事情却如同俄罗斯套娃一样，一个接着一个……

就在上海手术前的几天，顾华丈夫的颈椎病已经不能再拖下去了，他亟须在一两个月内完成一场成功的手术。他的这个颈椎病已经发展到离压迫到呼吸道只剩一粒米的位置。如果压迫到了呼吸道，人就会失去吞咽功能，剩下的就是死亡……在陪丈夫打赢这场战争之前，顾华还有自己的一场战役需要自己解决——她的胆结石已经折磨了她很久。这个病痛起来会滚地蚕扭，让人苦不堪言。为了稳定住大后方，她首先必须在很短的时间内解决自己的胆结石，这样才能安然地陪着丈夫去上海完成那个大手术。于是她去了邵逸夫医院，托了关系找到了邵逸夫的院长给她开刀。

院长也很好奇，毕竟一个人来医院做手术的人可不多见。住院以后，顾华却果决地表示，自己的孩子都在国外生活，自己的丈夫也因为生病无法动弹，她是自己打好包来的医院。签字什么的都自己来便是了，所谓生死有命富贵在天便也不过如此了。

在手术前的一天，顾华匆匆扫了一眼手术知情同意书，条款上大概的意思顾华看得明明白白，这个时候她却不愿意签了，因为在她看来上面的这些条款都是不负责任的法律术语。她一下血压升到了 240！她说"我不要签了，你们不负责任，我也不要动了"。这倒也不是因为她胡搅蛮缠，因为她心里深深地知道，这个家庭，目前能依赖的也只有自己了。如果她万一有个什么闪失，她丈夫的性命也肯定保不住，至于远在海外的孩子们更是远水解不了近渴。她必须保证自己万无一失，保证自己万无一失的前提条件之一是要让医院极度重视，尽管只是个取胆结石的小手术。

医生们劝她说"你放心，这个是我们院长今天的第一台手术，我们安排了你第一台手术，因为你是找了关系才插进来的"。第一台手术把握肯定最大了。医生们的劝慰让顾华放下了不少担忧。手术一切顺利。醒来后的顾华根本没有时间思考自己的问题，只要还活着还能睁得开来眼睛说明自己的问题不大。她躺在病床上恢复的时候，思绪早已经飘到了上海的某个医院。在她的计划里，治疗丈夫这个病最好的两个医院一个在北京、一个在上海，她来邵逸夫医院之前已经做好了详细的调研和周密的计划。在她的计划里自己需要四天从邵逸夫医院恢复出院，然后就开车带丈夫去上海，上海那家医院里最好的医生她也已经摸得很清楚，并且已经托人打好了招呼，所有的一切至少在目前看来都在她的计划之内严丝合缝地进行着。

　　4 天以后，当顾华夫妻坐在上海某医院的主治医师面前的时候，主治医师自信满满。她之所以找到这位医师，是因为在网上查了不少的资料，他有着丈夫这个病的临床经验二百多例，都是成功的。在顾华不熟悉的领域里，她相信经验和数据，她也只能如此，这是她的生存哲学。手术前的一刻，医师跟顾华说不用担心，这种手术的成功概率不说是百分之百也有百分之九十九。顾华却并不以为然，在她看来，做手术这种事情，只有成功和不成功两个结果，各占百分之五十。所以她并不太信医师所谓的百分之九十九的说法。

在手术前的一刻，又是为了万无一失，又是为了让医院极度重视，顾华要求自己录着像，看着丈夫走进病房。她这么做的意思是，自己的丈夫是走进来的，人还是可以走的，虽然走得不是很稳，后脚跟不能着地，但是踮起来还是能走的，走多少步都没问题。

她这么做是告诉医师——自己的丈夫是走着进来的，希望不要躺着出来。然后顾华一路录着像，看着自己的丈夫慢慢走进病房，然后被推进了手术室。

这次的战役顾华终于没有打赢，她这一辈子啊，独自打过太多的仗——跟那些从小见惯的冷暴力、跟那些自己玩起了失踪的煤气罐儿、跟树上疲惫的麻雀、跟西湖底丑陋的淤泥、跟与自己一般倔强不悔的母亲、跟自己无声长出来的胆结石，她都熬到了胜利的那一天……也许是胜了太多次，终归会累吧，这一次幸运之神并没有再次眷顾她。手术结束后还看不出什么，医生说有个恢复期，恢复期过了，她的丈夫仍旧没有恢复，从此便再也不能动弹了。

完了，一切都完了。这个叫中枢神经的位于脊椎里面的东西，是不能随便动的。虽然只是碰到了一点，但已经伤害到了神经。然后顾华丈夫整个人就像一条被抽去了骨头的蛇，彻底完了。醒来后，她的丈夫在医院里不能接受自己高位瘫痪这个事实，整天他只想一件事——那就是自杀，因此也有了前面28楼半夜发生的事情。

他有点发疯了，你知道吗？顾华回忆起那天夜里的事情，语气中仍旧全是伤感，这次以后，这个医院这层楼的病房她都包了下来，她把护工全都撤了，自己来照料自己的丈夫。在这前前后后，包括顾华自己开刀的时间算进去，一共是12天的时间里，这个从来不知道绝望为何物的女人，一下子瘦了8斤。

自从丈夫高位截瘫后到去世的这十几年里，顾华一个人照料先生的全部生活。她之前已经跑遍了四十几个国家，却因为对丈夫的爱而甘心十数年如一日地围于一地。自从丈夫离去后，顾华的人生开始归于宁静，一如她少年时代的安静闲适、沉默有力。她说——这世界任何地方都可以生长，任何去处都是归宿。所以时间很短，天涯很远。往后的日子一程一程，自己会安静地走完，才不会在不慎中失去。即便走湿泥土跌入水中，也应该记得有一条河叫作重生，绝望之后便是重生，重生就是最大的希望。所以这世界任何地方都是归宿，任何去处都是归宿，世间万物都是这个道理。

05 · 未来的希望

对于顾华的家族而言，过去的时代正是一个巨大的拐点，顾家的第三代们如今又开始蓬勃兴盛地向上发展。他们没有经历过长辈的苦难和荒诞，他们在无忧无虑的环境下长大，他们不懂得什么叫作苦难，也更不会明白什么又能称之为希望。家族的兴衰似乎冥冥之中自有定律，家族曾有过辉煌，也会慢慢走向衰落。但是在顾华这一辈人又走向了一个顶峰，然后一直还是在往第三代传递。顾华的大女儿从日本早稻田大学毕业后从事羽绒生意，一度占领日本市场70%的份额。二女儿在悉尼新南威尔士大学获取双硕士学位后，开始创办进出口贸易公司，往返于泰国和中国两地。

她的外孙女，前一阵子去参加联合国的模拟G20峰会——那是由联合国组织的、汇集了全世界各国优秀的青少年的峰会。她的外孙女作为代表参与抽签，每个人代表193个成员国之一，需要发表自己的论点。她抽签抽到代表马来西亚阐述自己国家的观点。但参与这个模拟峰会的前提是她要面试——写出一篇经典的论文。

回到家中，顾华问自己的外孙女：你说你要写出了什么样的文章，才被他们录取的啊。没想到外孙女说我写了一篇特朗普税改以后的负面影响……自己的外孙女只有 13 岁啊……顾华说人人都知道特朗普税改好处在哪里，但它的负面影响，连大人都不会往深处去想的，没想到她写的是这个。反其道而行之，组委会录取了她。如今，美国的某个排名前 20 的大学也录取了她去读书。

对于如今的顾家第三代们，顾华要求他们每人要学会两到三门外语，这是绝不能少的硬要求，保持和世界的联络是顾华认为的收获信息的基础本领之一。

现在顾华还在做资本运作，凭智慧赚钱。她对我们说，你们走了以后，我整天在家里就是看大量的信息。现在的世界应该说就是信息的高速公路，地球村，变化很快。她每天都会花上两个小时进行学习，看看市场的动向是什么，看看信息背后暴露出来的机会又是什么。

她说，我赚钱的目的为了自己活得从容一点，从容不迫地体现一下自己的价值观。在我们告别离开的时候，又一次路过了顾华家的车库。这次我们终于清晰地知道那种叫作希望的原石对于顾华来说显得何其重要，它伴随着顾华走过了人生的每一个阶段，始终未曾向命运低头。

借用大仲马在《基督山伯爵》中的一句话来作为结尾——"人类的一切智慧是包含在这四个字里面的：'等待'和'希望'！"

一个钟表匠人的历史

当张荣林站在我们面前的时候，看到他第一眼的观感——觉得他只是个普通且瘦弱的寻常老人。但我的直觉始终告诉我，在他瘦弱的身体内似乎有一种独特的力量，好像是时间在他身上留下了属于自己的痕迹，同时也打磨出了他稳如磐石的内在。

张荣林穿着红黑条纹的衬衫在我们面前侃侃而谈。他的头发梳理得一丝不苟，好像被机器收割过后的麦田，每一根发丝都整整齐齐地躺倒在前额上面。即便天气热得发燥，他身上看上去甚是清爽宜人，连汗水都没有一滴，好像外面的炎热跟他的身体毫无关系。"心静自然凉"
这句话看上去似乎便是为他量身打造的。

　　张荣林的话语很是严谨，每个字句好像经过精密的
计算和得体的裁剪过一般，在相差无几的间隔里逐字逐
句地吐出，既不会显得局促混乱，也不至于缓慢无序。
他的双手尤其引起了我们的注意，那是一双修长雪白的
手，如果不是属于一位钢琴演奏家，也该是位外科手术
医生的双手……他的言谈好像能自成一种韵律，我们便
在他独有的韵律里进入他的记忆世界。

01·和时间做朋友

　　张荣林的记忆世界的伊始是什么时候呢？那应该是
13岁那年的那个夏天，父亲的一个决定让他的世界从此
开始发生了变化——就像中国人无数次在事业上进行父

子传承一样，13岁那年父亲让张荣林继承自己的事业，跟着自己学习修理钟表，将来成为一名钟表匠人。

原因也很简单，那个时候家族成员里面孩子太多，而家里的经济条件又比较拮据，无法支撑所有人去读书。恰好张荣林的姐姐小学毕业即将升上中学，如果他再继续读下去，和姐姐一样升上中学的话，那么家里的生活将无以为继。父亲觉得女儿如果不继续读书的话将来工作不太好找，而张荣林是个男娃，跟着自己学习修表的手艺，将来总能够谋得一口饭吃。

对于这个决定，一开始张荣林并不以为意。对他来说，以前看着父亲终日摆弄这些钟表器械他也觉得新奇有趣，只是父亲一直不喜欢他在身边打扰自己工作。现在好了，终于有机会名正言顺地去碰这些新奇的玩意儿啦。

张荣林很快发现自己犯了个很大的错误。这些原本认为的新奇玩具其实并不那么有趣，虽然父亲的双手犹如魔术师一样在这些精密的器械中来回穿梭，解决其中种种存在的问题，常常引得乡亲父老们由衷地赞叹。但这对于一个 13 岁的孩子来说，显得未免有些残酷了。毕竟张荣林正处于生命中最活泼好动的年纪，却每天的大部分时间里只能像只笼中鸟一样无奈地坐在父亲身边。他一边听着父亲不紧不慢地反复讲解，一边看着父亲有力的大手沉稳有力地进行着自己的工作。对于张荣林来说，他的少年时代，13 岁以后的大多数日子里，他的世界只剩下了两种声音：一种是父亲的严谨到近乎刻板的讲解教学，一种是各式钟表在狭小的房间内发出的"嘀嗒嘀嗒嘀嘀嗒嗒"的脚步声。这样的日子久了，张荣林发现他们的节奏在自己的脑海里渐渐趋于一致。窗子外面，院子里伙伴们正玩到紧要的关头，发出阵阵喧闹与呐喊，原本是里面一分子的张荣林却很少再能有时间加入到他们里面。13 岁那年，张荣林让自己学会了克制。13 岁那年以后，张荣林的时间一下子慢了下来，他开始慢慢习惯这些机械每一处细小的物理结构，他开始慢慢习惯闻到润滑油的独特气味，他开始慢慢习惯自己温热的手指和冰冷的金属相互交融，他也开始学会和时间做朋友……

如果没有意外发生的话，19岁那年应该是张荣林学徒毕业的时候，6年多的时间内，他已经像中国自古以来千千万万个手艺人一样，把钟表修理这件事儿熟悉得不能再熟。可是变化就这样毫无征兆地来临了。至少对于当时一门心思都扑在学习钟表修理上的张荣林来说，外部的信息几乎和他隔绝开来。所以当上山下乡运动开始的时候，张荣林是猝不及防的，宁静且单纯的生活瞬间被打破。

02 · 瓦厂和纱厂

1969年6月，为了就近照顾父母方便，张荣林去了湖州德清下面的一个公社开始做工。公社做工的日子持续了一年，他跟身边的人开始学着从事农活儿，比方春天开始插秧、秋收冬种如此种种。张荣林的那双修长白皙的手从修理精密的机械转而挥舞起了锄头，他的手上开始渐渐有了老茧。后来他又被安排进了瓦厂。去了那里后，瓦厂的工人们看到他都说："你这个人太单薄了，我们出窑拉车做砖的活儿真的很磨人，你肯定做不了这个。"

瓦厂的烟尘很大，几乎让他喘不过气来。他甚至觉得自己的肺随时随地都可能会爆炸。但大时代背景下的任何个人都是渺小的，为了跟上大部分人的步伐他就在这样的环境下咬着牙开始学起烧砖来——他们先是每天从外面拉着满满一车的泥土倒在砌砖的机器里，然后再把砌好的砖搬进窑洞，砖烧好后，还要把砖头和瓦片从窑里搬出来。这样的活儿通常都是循环劳动一整天的，一天做下来张荣林感觉自己也像是被在窑洞里烧制过一遍的砖头，全身上下每一处都被抽干了力气。

在瓦厂里的生活就这样持续了一年多，咬着牙坚持了一年多的张荣林又迎来了变化。瓦厂的厂长有一次看见张荣林说，他看起来白瘦干净的不像是干体力活的。张荣林表示自己原是修理钟表出身，于是厂长认为他对修理机器比较在行，便安排张荣林转而成为一名机修工人。虽然张荣林学的是手表修理，但在那个时候缺的就是技术工人。在厂长的认知里——他手表都修得来，那些傻大笨粗的机器又怎么能修不来呢。能逃离每天繁重的体力活儿，张荣林自然是求之不得。他就这样一边靠着几分对机械的天分，一边每天进行着摸索和学习，修理机械好像对他来说也并不是那么难。这样的日子一晃又是五年。对他来说，每一次的变化都像是一种宿命般的轮回。只要是和机械有关的，持续的日子就会很长，和机械无关的变化总会在无意之间匆匆结束。张荣林的前半生，是摸着冰冷的机械也好、机器也罢成长的，只是摸的时间久了，冰冷的机械也会有了温度。

1976 年，上山下乡运动逐步开始接近尾声，张荣林从农村回到了德清。确实像他父亲当年设想的一样，有了手艺的人不愁没有活计可以从事。只不过他父亲认定的手艺是修理钟表，但此时的张荣林已经擅长修理各种机器。他顺利地进了一家农具厂，被分配在了精工车间。所谓精工车间就是制造收割机、打稻机、插秧机等农具的地方，张荣林在里面从事的是钳工，一干又是一年多。在这期间，他和与他一起上山下乡的青梅竹马之交成了家，生活就像停摆的钟表一样，经过时代巨手的摆弄慢慢又走上了正轨。

这个时候，正值上山下乡运动的浪潮从中国大地各处退去，安定下来的人们开始思考如何赚钱的事情。尤其是敏捷务实的浙江人首先开始有了创新的意识。农具厂的厂长显然就是这样思维活络的人群里的一员——传统的农具竞争太厉害，湖州又盛产丝绸，只要未来经济能够发展，丝绸一定是湖州的名片，所以厂长决定办个绸厂。

　　既然决定了要干，就要抽调一批各式各样的骨干精英，所以厂长把张荣林也抽调去绸厂，让他负责安装买来的绸机。绸厂的生活很不轻松，因为是刚起步，一切都处于摸着石头过河的阶段。他们的工作是三班倒的状态，如果机器在制绸的过程中出现了什么问题，需要他们随时随地进行修理，以避免造成工时上的浪费。

　　张荣林的钻研劲儿让他很快摸透了绸机的构造和生产的每一个环节。甚至到后来他们开始琢磨着自己制造起绸机来，毕竟买来的绸机价格实在太贵了。厂长是个见事明白的人，他似乎看出了张荣林对于机器好像有一种来自骨子里的喜爱和劲头，对张荣林的工作技能比较认可，对他的为人也很放心，就让他主抓质量管理。质量管理上张荣林更是一把好手，因为他不单熟悉机器的构造，也熟悉整个环节的运作流程，碰到很多别人感觉棘手的问题，他只需要一眼就能把问题看个七七八八出来。绸厂也进入了高速发展的快车道。时间干得久了，张荣林开始带起了徒弟，一带就是五个。那个时代，徒弟对师父绝对是言听计从的，张荣林一如当年父亲教他学习修理手表一样，对自己的徒弟们毫无保留地倾囊相授。当徒弟们都学成各自当上车间主任的时候，张荣林的生活越发安逸——他在厂里有着超然的地位，他有厂里分配给他住的房子，他有幸福美满的家庭。但在他的内心深处始终响着一个声音，"嘀嗒嘀嗒嘀嗒嘀嗒……"不停地响起。那是少年时代起，父亲给张荣林规划的修表匠之路。它像是一片巨大的云朵，始终不曾离开过张荣林的脑海。他心里始终有个巨大的遗憾——自己学了整整六年的修表手艺却阴差阳错始终没能派上用场。他的血液里有一种沸腾的欲望，那欲望一直在召唤他离开自己的舒适区，去追寻、去完成那属于自己的使命。

03 · 弄潮儿

时代的齿轮又一次缓慢地开始转动，改革开放的春风吹向了这片土地。张荣林现在回想起来，自己这一辈子好像是个被风筝牵着的人，风吹到哪里自己就一定会走向哪里，那是极为动荡的生活。如果按照现在社会的标准，张荣林可能是个完美的创业者。

20世纪80年代的某天，张荣林在工作之余打开报纸，至今他还记得那天报纸上邓小平同志召唤大家打破铁饭碗，下海创业的新闻又一次唤醒了他内心深处的悸动。张荣林遵循了自己内心的召唤，在得到了家里的支持后，他向厂子里提出了辞呈，做了第一个自己打破铁饭碗的人。然而在那个时代，做第一个吃螃蟹的人可不容易，器重他的厂长坚决反对他离开。厂长明白要想再找到这样一个人得有多么的不容易，质量如果出问题了谁来管？所以任凭张荣林和厂长说破了嘴皮子，他们谁也没能说服谁。张荣林的性格虽然外人看上去比较好说话，但实际上却是个执拗的人，既然厂里反对自己离开，那他索性就不去上班了。那个时候的人不懂什么叫创业，张荣林对于下海的理解就是自己做买卖。既然其他的都不会，那就从修手表开始，何况这也是他少年时的夙愿。他拿出父亲修表的那个老旧的工具箱。虽然木质的箱子经过年月的侵蚀已经很陈旧，但父亲这么多年来一直保养得干干净净，没有一丝的灰尘。打开箱盖，里面的工具摆放得整整齐齐。张荣林吸了吸鼻子，闻到了久违的附在工具上的润滑油的味道。他就像喝了一杯陈年的老酒一样，居然有些微微的醺意。他挎起木箱子，搬了个木凳子就走出了家门，在外面摆了个小摊头。

过了十来天，厂子里见他真的不回来工作了，于是派了人来他的修表摊前寻他。来人得了厂长的授意，先还是劝张荣林回心转意。见毫无效果，便表示如果他不回厂子里去厂子将把他除名。张荣林仍旧不为所动，来人只能使出厂子最后教他的法子——如果他不回去，厂子将会把他以旷工的名义开除掉。这样的话一系列的后果都将由他自己承受，比如收回分配给他的房子等。然而张荣林依旧没有妥协。他这样性子的人一旦走了出去，很难再会回头了。

妻子的支持也给了他莫大的帮助。没了单位的房子，他们就搬去了妻子单位分配的房子里。小是小了点，但总归有个遮风避雨的地方。老是摆地摊也不是个办法，为了把修表的生意做得长久，张荣林跑去当地的工商局想申请一张营业执照。那个时候政府已经有政策扶持自主创业，那会儿叫个体户。可是也很执着的厂长为了让张荣林回厂子继续工作，早已经和工商局的领导打了招呼——张荣林是被之前的厂子开除的，不要给他批下营业执照。张荣林苦口婆心地把自己的想法和意见跟工商局的办事员讲了又讲，一是小平同志号召大家打破铁饭碗的想法，二是自己响应国家号召出来下海，把一个就业的机会留给了其他人，其实也是在帮国家挑担子。办事员是个明事理且富有同情心的人，他表示长期的营业执照可能比较难办，但是他可以帮张荣林办个临时的营业执照，只要他每年过来更换一下就行。同时，他还告诉张荣林：他是当地的第一个个体户，也是第一个来领营业执照的。

在小摊子上，张荣林坐得很稳，一坐又是七八年。这段时光应该是他人生中最享受安逸的时间了，他终于圆了儿时所学所想的愿望。他坐在那儿就像坐在王座上的君王，俯仰之间，周遭全是他的领土、他的世界。他可以安静地给人修一块手表，一弄就是几个小时。他喜欢把那些精密的器械拆开又装回去，分毫不差。虽然没有想到赚钱，但是张荣林并不后悔，这个工作吸引他的就在于，为了达到最好的工作效果，在修理期间的每一秒钟都需要极度地专注。又因为极度地专注，张荣林能感受到自己整个人都超脱在了世界之外，几乎感受不到时间的流逝。他感受到了这份工作给自己带来的满足与快乐，那是一种庄子曾描述的遨游于太虚之外的境界。

张荣林说："自己这辈子啊，改变不了太阳转动、月亮转动、地球转动，但是让指针和齿轮重新转动起来已经是我最大的幸运了……"

时间如白驹过隙，一晃就到了20世纪90年代，改革开放的浪潮愈发猛烈。1994年张荣林看着身边的人个个都做起了发财的生意，他也想寻求一次突破。虽然修表的收入还是很稳定的营生，但眼看着自己的一儿一女都考上了大学，生活负担开始加重了，他又随着时代浪潮的加剧再次萌发了改变的想法。这一次，一个曾经在他隔壁摆摊的小伙子告诉他——杭州展览馆边上开了家叫"红太阳"的小商品市场，据说那里的发财机会遍地都是。小伙子怂恿着张荣林和自己一起去市场里做服装的生意。张荣林动心了，他跟家里那个从小就近乎于他坚强后盾的妻子说了自己的想法，便又一次毅然踏入了服装行业。他和那个小伙子二人在"红太阳"里开始了一次堂吉诃德式的冲锋！彼时的中国服装行业也属于刚兴起的阶段，货源复杂，水深且浑浊，他俩作为初出茅庐的小商贩，没有任何经验和渠道。至今张荣林还记得当时的货源地在广州，广州的服装在当时的中国属于领先水平，哪怕是已经过时的西裤拿到杭州来卖依旧还是很时髦。比方说旧款的衣服在广州那边卖 10 块钱一条，拿回杭州可以卖到四五十元一条。张荣林和小伙子两个人在广州吃了不少的苦头和暗亏。比方说同样的价格买到的却是人家二手换下来的衣服，比方说在广州的时候被人骗得只剩下买程车票的钱。还有一次甚至只是进去多看了一眼，就被人要求强制发货，不要也得付钱。这些都属于张荣林计划之内必须付出的代价，如果没有这些经历何谈在自己不熟悉的领域杀出一条血路来呢？虽然两年的服装生意取得了商业上的成功，但最让他欣喜的是，这段贩卖服装的时光里他最大的获得是找到了未来的女婿——那个机灵上进的小伙子在未来成为张荣林的女婿，这不可谓不是近水楼台先得月了……小伙子高中毕业以后也没去考大学，他就一个爱好——喜欢做生意，一开始是在家里摆地摊，后来和张荣林做起了服装生意。做了两年以后就变成了他一个人做，一直做，做到后来，一来二去地就跟张荣林的女儿熟了起来，结婚也就是水到渠成的事情了。

服装生意做了两年，张荣林开始有了不错的积蓄。但好景不长，他的母亲离开了人世，那个在他记忆里慈祥善良到极致的母亲就这么离开了他。在他的记忆里，小的时候总有叫花子走街串巷，每每到了他家的时候，母亲哪怕自己不吃，也要把饭菜先给叫花子们吃。那个年代，烧水的地方是几户共用的场所，母亲每次不但把自己家的水烧开盛好，也会帮隔壁的几家把水烧好。早上扫地的时候，母亲会把整条街都清扫干净。甚至还有一次别人借钱不还，这个善良的女人还会阻止张荣林去要债，她说也许那就是上辈子亏欠人家的。

母亲的逝去让张荣林想起了父亲教他修理手表的时候曾经絮絮叨叨不知是自言自语还是讲给年幼的他听的一段话。他记得父亲当时正脸对着手表，一边拨着表盘上的指针，一边面无表情地说道："人生呐就像是这根指针，来到这表盘上走上那么一圈。走得快也好，慢也好，终究也只是这么一个循环。走得快的看到的是前方空白的切面，走得慢的看到的是细细碎碎的数字。但无论怎么样，都是两个半场，前半场是从 0 到 12，后半场再从 12 回到 0……"也不管年幼的儿子是否能听得明白。

回归家庭的张荣林，又一次开始修理起了手表。对他来说，就像是和离别两年的老友再一次坐到了一起，修理手表他早已经得心应手，无奈整个社会迈向了电子时代，他修表的营生虽然有些老客，但生意却开始走上了下坡路，只有大商场的品牌手表修理店才能活得下去。那个时候，BP 机开始流行了起来，腰上别个 BP 机成了当时潮流的象征，"有事您呼我"也成了当时的流行语。BP 机问世之初价格不菲，动辄四五千元的价格使得它成为身份地位的象征，是成功人士才能用得起的。甚至有人为了彰显身份，听到提示音也假装听不到，任凭 BP 机在人群中叫个不停。如果说手表是工业时代里时间的朋友，那么传呼机已然成为电子时代通信的先锋兵。张荣林琢磨着自己手表还是得修，顺便搭着卖传呼机才有可能赚钱。那个时候传呼机最早是中国电信办的，张荣林去中国电信压了一笔钱作为押金，然后顺利成为中国电信第一批的传呼机代理商。他不只是卖，而且自己摸索着学会了修理 BP 机。修理 BP 机真的全靠自学，因为他从小学习修理手表之余，也顺便琢磨研究了无线电专业和半导体专业，所以修理 BP 机对他来说并不复杂。他买来各类书籍进行研读，从修理收音机、电话机、传呼机，一直到后来的传真机、手机，通通靠着自学给摸了个底朝天。集销售和修理于一体，张荣林的代理生意渐渐红火了起来，这让他感到自己又一次成为时代的弄潮儿。

04 · 登山者

然而时代并不是一个可以让人任意摆弄的姑娘。时代的变化脚步开始由慢走到快跑，两年以后传呼机就成为历史年轮上浅浅的一道痕迹。手机的鼻祖大哥大携着高达两万元的售价横空出世。彼时，大哥大在与 BP 机权力交接共存的时候，人们曾赞曰：开着桑塔纳，腰上别个 BP 机，手里拿着大哥大。那就是高富帅最开始的样子。

张荣林这个和时代赛跑的男人又开始盘算起了大哥大的生意。因为敏锐的嗅觉告诉他，BP 机会在大哥大的冲击下很快败下阵来。可是这次大哥大的价格让他犹豫了，他没有做大哥大的代理。毕竟那个时候两万元可不是小钱，他心里有个声音隐隐告诉他——时代的变化太快，孤注一掷地与它比奔跑速度可能没有胜算，那怎么办呢？

张荣林不甘心，砖头一样的大哥大机器那么贵，但总归是需要插电话卡才能使用，机子自己不做代理那电话卡总可以吧！张荣林于是走上了代理电信公司销售电话号码和充值业务的道路。对于张荣林来说这未尝不是一种充满智慧的判断。这次以后，张荣林开始从青年时代的热血弄潮儿成为一名坚定稳重的登山者。山，险峻雄伟；登山者，坚定稳健，不轻易置自己于险地。

张荣林的预判是对的，自从代理了话费和号码业务后，他的生意越来越兴旺。再加上他一手修理电子设备的手艺，家底开始慢慢丰厚起来。而大哥大和传呼机一样很快也成为历史年轮下的一个泡沫。紧接着，时代像个强大的魔术师，表演出让人眼花缭乱应接不暇的新鲜事物。可无论电子设备如何变化，张荣林手中的话费和号码代理业务能在这些变化中稳如磐石，这么多年下来，他掌握了事物发展的本质和规律，并能够在和时代的博弈中获得阶段性的胜利。而在这期间他几乎已经放弃了修理手表的事业，但他把这个事情当成一个爱好一直保留到了现在。按照现在的话来说，张荣林像是失去了一个事业上的合伙人，获得了一个有共同爱好的知交好友。这样的角色转换对他来说反而轻松。他可以在每个有时间的夜晚，打开那些富有金属质感的表盖，把自己少年时代的懵懂、青年时代的激情、不为人知的故事、无人可言说的情绪都装进那些齿轮和零件里去，然后轻轻地再合上表盖放在床头，在嘀嗒嘀嗒的时间的脚步声中，安然入睡。

时间步入了 21 世纪，登山者张荣林已经学会对未来进行自己的规划，他的判断和决策不是飘在天上的遐想，而是基于现实多迈出半步。对于大多数普通人而言，可能张荣林关于生活的经营方式更有借鉴的价值和意义。

21世纪之初张荣林决定开始买房，原因也很简单，不是因为他深刻洞见到了未来房价大涨的趋势，而是因为他觉得既然儿子女儿都在杭州读书，毕业以后肯定也有很大的可能留在杭州，自己又在杭州租门面做生意。所以买个大些的房子和一个门面成为他配置资产最优先的考虑。张荣林还记得那是1999年，好点的房子已经卖到将近4000元一平方米了。他去看了看信义坊，信义坊边上有运河经过，张荣林觉得环境还不错，于是买了一套130平方米不到的房子，那个时候总价就要将近50万元了，当时能拿出50万元来买房子是需要勇气和魄力的。

为什么买这么大的房子？张荣林这个普通家庭里的顶梁柱觉得既然买房子，将来自己的儿子女儿留在杭州工作房子小了可不行，未来有了第三代更是需要大一些的空间。他深刻认识到，无论是个人还是家庭的发展，都需要和时代发展的脉络同步。也因为他始终记得这一条，张荣林一家在杭州生根发芽，他的儿子女儿都相继在杭州成了家，也都有了自己的小家庭。

随着第三代的出生和长大，张荣林开始试着慢慢回归家庭，就像一头巡视边界已久的雄狮，他庇护了整个家庭的发展和兴旺。而现如今也轮到他休息的时候了，2007年张荣林放下了手上所有的事情开始转而培养第三代。

而那些一路走来的路，也只有在偶尔回想起来的时候才能明白其中的滋味。他回过曾经待过的绸厂，厂子早已经被承包给了其他人继续"印制"湖州的名片，但是原来一起打拼的老兄弟们却一个都不在厂子里了，张荣林摸着厂子里的窗户，仿佛透过玻璃回望到了多年以前的自己。虽然最后的离开并不那么愉快，但是在绸厂的这十多年，那可都是自己后知后觉的青春啊。

张荣林还回去了当年上山下乡去的村子里的瓦厂，在他心里也从来没有忘记过村里面的朋友们，他请大家在小饭馆里吃了一餐饭。到场的时候，大伙儿能来的全部都到全了，还有几个朋友已经离开了人世，张荣林也把他们的爱人都叫过来吃饭、聊天。虽然时间过了许久，好像那时候的情谊却不会因为受到时间的影响而有丝毫褪色。只有共同经历过苦难和考验的情感才能够历久而弥新。张荣林在乡下还有个老房子，他准备好好修葺一下也方便将来回来的时候能够有个自己的地方住。他还没准备开始找人，村里的朋友马上就跟他说："随便你要做什么，跟我们说一下好了。我们干体力活的对这些都在行的。"农村的朋友就是这么淳朴、感人，这对张荣林来说触动很深。

后来张荣林会经常去乡下看看，常常和乡亲们一起吃饭聊天儿，回去的时候，乡亲们都把他送到村口，还塞给满满一袋鸡蛋马铃薯。他站在进村的岔路口，手里拿着乡亲们塞给他的袋子，他看到了一个路过的少年。那个少年瘦弱而有力量，脸上虽然有些茫然无措的表情，却有着一双坚定睿智的眼睛。张荣林和少年擦肩而过的时候，两个人影慢慢重合……

　　退休后的张荣林把修理手表的事情传给了自己的两个侄儿，教会了他们自己所掌握的技艺。可是在现在这个时代，修理手表不是一个能够维系生活的工作。但张荣林觉得自己完成了使命，于情而言他已传承技艺，于现实而言如果没能发扬光大至少也做到了心中无憾。后来他们把房子买到了杭州的翡翠城，这个目光锐利的老者又一次想领先时代半个身位。这次他觉得自己无论于自己夫妻二人还是于后辈们而言，都需要有品质的生活，生存的时代早已经过去了。他盘算着自己的后半辈子，都应该做些原来没时间没条件去做的事情，上半辈子交给了机器，交给了工作，下半辈子呢就尽可能多地去体验。而翡翠城能满足他大多数的需求，他坦言自己选中这里看上的就是绿城的物业。没有任何一个楼盘能像这里一样关注业主们的文化生活，这里有很多的业余爱好团队，比如舞蹈、太极拳、登山队、羽毛球队，几乎应有尽有了。张荣林在社区里参加了登山队并当上了登山队的队长，他说他这前半辈子与水有缘，无论是时代的弄潮者还是杭州居所旁的运河，几乎都离不开水的恩泽。而他报名登山队一来是想锻炼身体，二来则是想再次挑战一下自己，见识了水之深，他也想体会一下山的高。对他来说只要生命不止，就不应该停下脚步，只要指针还在转动，手表就永不会停歇。登山这件事儿的难度在张荣林看来可是要比他的事业来得还要难一些。事业上他只要做好自己就行，而登山队长的身份则需要协调进行团队的配合与合作。翡翠城的登山队年龄跨度特别大，从二十几岁到七十多岁的居民都有，他们不像其他的专业登山队一样有加入的门槛，只要是社区居民，只要有兴趣，就都可以无条件参加。为了把翡翠城的登山队搞起来，老张队长可是花了不少的心思，几次短途的尝试他把大家的体力和能力范围给摸得明明白白，也把队里每个人的兴趣爱好了解了个七七八八。就因为做到了这些看似细微的事情，登山队这些年来从未出过一起事故，也从未出现过不和谐的声音。张荣林虽然成为大家口中的老张，但老张对待事情的态度却依旧如当年一般认真而执拗。老张像是一个绝世的武林高手，一般不愿轻易出手，但一旦出手就要达到最好的效果。登山队已经成为翡翠城里的知名社团。

如今的老张，在茶余饭后的时候，会沿着杭州的京杭大运河散步。在他的记忆中杭州是一座很美的城市，他还记得年轻时曾随着父亲来杭州进货，早上他们6点的时候就从德清坐轮船出发，然后再到塘栖，沿着运河笔直开往杭州，路过拱宸桥，到达杭州卖鱼桥轮船码头的时候将近11点半。现在回想起来，当年坐于船头的那个少年一路走来，水面并不平静经常摇晃，这对张荣林来说也许就像是人生。他的步履从未停歇。时间之河平静地穿过他的整个人生，钟表便是他的孤舟。水面虽有波澜，却也无所谓动荡。

"离经叛道"的旅行者

在中国人的传统观念里，孝顺和故乡占据了很重的分量，所以对于大多数中国老人而言，能够在家含饴弄孙，尽享天伦之乐便是天大的福分了。但是此刻我们在杭州绿城蓝庭颐养公寓见到的"网红奶奶"何冰老人却是个"离经叛道"的存在。她虽然已经88岁，但在她身上你能看到一股子朝气，感觉和初入社会的年轻人没有什么两样，甚至比许多已经饱受生活磨砺的暮气沉沉的年轻人更加鲜活。她像是一辆在赛道上开足马力，随时蓄势待发的赛车。虽然还没有风驰电掣，但是光听她的声音，你就能感受到引擎盖下的发动机在轰鸣。

01·养老公寓的"网红"奶奶

何谓"离经叛道"？首先，何冰和她的丈夫是自己悄摸摸地搬进蓝庭颐养公寓的。在大多数中国老人心里养老院是无家可归、子女不孝的老人的无奈选择，似乎哪怕在家无人照看也要强过在养老院的怡乐生活。但是何冰和她老伴儿可不这么想，何冰当时觉得他们操劳了一辈子，女儿一个人又要在政府机关里面上班，又放心不下他们老两口的身体，隔三岔五还得抽出时间甚至请假来看他们。何冰和老伴一商量，得，搬去养老院算了。他们辛苦了大半辈子的人能体会到什么叫作操劳，也就更不愿意让自己的下一代再辛苦了。

何冰是个说干就干的人，他们俩就像开展地下工作一样，在神不知鬼不觉之间就瞒着女儿去选地方了。之所以选中蓝庭，是因为老两口觉得这里绿化好，就像是个天然的氧吧，老人的观点也很朴素，空气好、心情好，那么说不定可以多活几年。再加上何冰和老伴儿对生活有些追求，而这里的室内软硬装修都挺上心，热水器、电视机甚至连电磁炉都是海尔的，这些都对老两口的胃口。何冰在心里默默盘算了一遍价钱：房租加上其他零零总总的费用算在一起，自己老两口的养老金完全能覆盖得了。于是两人没多久就带着大包小包搬了过来。两人完全住下来以后，这才打电话告诉女儿已经搬到养老公寓里了。

女儿听完吓了一跳，赶忙跑来养老院，生怕亏待了老两口，女儿在路上想了无数的说辞——该怎么劝爸妈从养老院搬回去。一路上女儿想破了脑袋，毕竟她知道自己母亲的性格是一旦决定了的事情就很难再回头了。她的老妈这辈子更是个一腔孤勇热血的少年，全凭感性做事情。

但是到了养老院后，女儿憋了无数的话都没能开得了口。倒不是母亲的态度坚决，而是她踏入房间后看到的场景远远出乎她的意料。老两口正在房间里和几个同龄人说说笑笑搓着麻将，完全没有注意她的到来，那颗滚烫而焦急的心终于渐渐稳定了下来。老两口脸上的笑容，那是只有跟他们的同龄人之间才有的爽朗笑容。他们与自己的、与自己的孩子们更多的是慈爱的笑，而刚才自己看到的，却分明是无所顾忌的朋友之间才有的笑容。

麻将打了好几圈，终于和了后，何冰这才看到了站在门口的女儿，完全不知道自己女儿心思的她，得意地指着这个全自动麻将机道："这个是我买的，原本是没有麻将机的，我们来了以后把家里那个手麻桌搬了过来。后来我怕咱们这些七老八十的老家伙，万一不小心掉了几个麻将牌下去还得弯着老腰去捡，万一磕着碰着晕倒了就讨厌了。好在闺女儿你教我学会了网购，你看这自动麻将机确实方便又不贵，咱们这里的人们用了都说好！"

女儿站在门口听完这番话，沉默了许久，愣是把自己想劝他们回家的话都憋回了心里去。何冰像带着客人参观自己的家一样，带着女儿把养老院走了个遍，尤其着重介绍了自己和老伴儿在九楼的两室一厅。女儿见父母都乐在其中，而蓝庭养老公寓的条件比家里似乎还要好上一些，便也就随了他们去了……

回忆完自己搬来时候的缘由，一直精神矍铄的老人这个时候却有些神色黯然。她指着房子说："原来这里大家都是夫妻队，但女人的生命力似乎大都比男人们要强一些。现在男人们大多都走了，这个楼里面都是女的住着了。"这个时候已经是黄昏时分，夕阳开始慢慢下沉，房间里的光影也开始随之变幻起来，原本透满光明的屋子里一半陷入黑暗，一半仍是光亮的，何冰坐着的地方恰好是光亮与昏暗的交界之处。她面朝着昏暗，心向着光明。就在这巨大的变幻之中，何冰的回忆继续漫延。在她漫长的生命历程中，何冰记忆如昨的便是三次"离经叛道"的奋不顾身，一次便是和老伴瞒着家人来了这里养老。

而何冰老人之所以被称为"网红奶奶"也是又一次的"离经叛道"之举带来的附加效应。在中国，人们总说故土难离，家乡给予每个人以生命与庇护，也给了每个中国人以枷锁。人们即便远行千里，总也要记得少小离家老大回，枷锁的链条牵引着人们与故乡的重量。而何冰老人在退休后却开始喜欢上旅游，她对我们说："你们现在在媒体上看到的所谓我是网红奶奶，是因为我卖掉了临平的房子去旅游，其实不是。我卖掉房子是2017年的事情了，只不过因为当时恰好余杭台的人采访了一下。就因缘巧合地登了报纸，然后又是明珠台派专人来采访我，钱江台注意到了，也派人来采访我，上了电视，事情就这样传了开来。《钱江晚报》还用头版头条把我的事情登出来。所以这样，就全国的媒体都来了。再就是传到外国去了，连加拿大、美国都知道了。一下子我就成了那个小年轻人嘴里的网红，瞬间有了12万粉丝。其实我旅游是从2009年就开始的，大家关心的其实不是旅行本身，而是卖房子去旅行这件事才有戏剧性。对于中国人来说，卖掉居所，意味着一次叛离，离开故土又是另一次的叛离，这样两相叠加的事情才有轰动效应，才有曝光度。不过，网上怎么说就随他们去说吧，我也不在乎。因为已经都造成了舆论印象，所以你越是去纠正，反而越麻烦，对不对？"

我点了点头表示赞同。在我心里，旅行有什么好稀奇的呢？我很理解何冰老人所说的，这就好比人们往往在意的不是建筑本身，而是这栋建筑用了某种大理石材料，或者金箔的装饰，给人以与寻常相比巨大的反差。人往往就是习惯生活在巨大的反差里，然后忽略了事物本身的美感。何冰老人拿出一堆相片，她仔细地挑出一张和老伴儿的照片端详了半晌，递给我们传阅，然后慢慢说道："其实，我88岁，也就是2017年卖掉房子去旅游，有两个原因。一来呢，是为了旅行本身。毕竟旅行的费用不菲。二来，是因为怕触景生情。"她指着递给我们的那张合照若有所思地说道。

"年纪大了，老伴走了，只余下我一人住在空荡荡的房子里，而房子本身又承载了我们太多的回忆。那么多的时间、那么多的无人知晓的只属于我们两人的故事都发生在那间屋子里，屋子里太多的东西刻下了我们之间的烙印，随处可见我们两人生活留下的痕迹——很久没有打扫到的角落里他的些许头发藏在灰尘里，一些经年未用的他的物品在时光的冲刷下已经被遗忘在了不为人知的空间里。还有他的字迹、相片，在不经意的某个时刻像林子里的精灵一样会偶尔跳到我的面前。美好的、不美好的……50年的婚姻生活里那些林林总总的往事都会随着这些痕迹不断在脑海里反复播放，就像一场又一场的短小急促的梦境。"

在我们看来，房屋对于何冰老人而言已经不仅仅是一个居所，而是她生活的全部记录。就像一块画布，他们耗尽毕生的心血在画布上留下了一笔又一笔关于生活的写实。如今，一起画画的人离开了这个世界，这幅画也就失去了继续画下去的意义，所以她选择卖掉房子重新开始。至于旅行，那只是离开后重新开始的一部分罢了。

02·青海十七年

何冰老人这个"网红奶奶"在访谈的过程中表现出来的神态，虽然偶有悲伤，但更多的是一种无龄感的姿态。在我们传统的观念里，似乎始终信奉着什么年纪就该做什么样事情的理念——"十有五而志于学，三十而立，四十而不惑，五十而知天命，六十而耳顺，七十而从心所欲，不逾矩。"我们的生活一直生活在条条框框的限制中，十岁到二十岁学习，二十岁到三十岁成家立业，到了四十岁开始进入"油腻"的中年阶段，再然后就是退休，养花遛狗带孩子。这些人之常情让我们的生活缺乏了某种可能性，而何冰老人之所以成为"网红奶奶"，正是因为她的生活打破了这些条条框框。

她的故事应该从 1954 年 11 月开始说起。在这之前的生活，何冰正如那个年代的人所经历的那样，作为一个杭州本地人，她的出身并不算好。在她的幼年记忆里，小时候她们家在杭州清波门有一套带花园的房子，也许年代过于久远，在何冰的印象里，只记得那房子的花园很大很大，大到她可以一整天迷失在里面。后来不知怎么日本人就来了，她跟着自己的家族开始逃难，一直到了重庆才安顿了下来，直到 1946 年她们家族才又回到了家乡。而这些她懵懵懂懂的幼年迁徙在新中国成立后的那个年代里被认为是个人出身不好。

于是何冰在毕业后就参了军，她先是在东北做过一年多的文化干事，然后进入吉林省某空军医院当护士。1954年转业，就到了北京中央直属机关第一人民医院做护士。本来她的生活应该是波澜不惊的，在北京的医院里平稳过完她的一生。但是1960年，她当时在外贸部工作的丈夫被安排到青海支边，她面临一次选择，事业还是爱情？那个年代，异地恋的词汇还没有被发明出来。但是何冰的内心隐隐约约地觉得两人的婚姻生活刚一开始便分隔两地并不是太妥当，她的性格决定了她一定会遵循内心的召唤。虽然丈夫的支边工作没的选，但是她可以选择离开北京和丈夫一起去青海。现在的社会，人们往往追求看得长远，对于每一个决定都深思熟虑，所以异地恋在现在的人的心里就意味着分手，就意味着走不长远。但万事万物都不是一成不变的，在那个激情燃烧的岁月里，年轻的男女们可以遵循内心最本能的感性召唤。所以如果从概率学的角度来讲异地恋，意味着大概率的分手事件的发生这个规律牢不可破，那么何冰能做的就是不让异地恋这个事情本身发生。何冰为此做出了足够多的努力，她先是跟上级单位沟通，想调到青海的医院里去工作，但是医护工作者在当时来说属于医务干部，不能外调，所以医院没办法帮何冰把工作平移到青海。

何冰虽然是个外在随和的人，骨子里却有种执拗坚定的劲儿。既然这条路走不通，那她也已经做好最坏的打算——用现在的话说就是裸辞也要跟着丈夫去青海。最后还是医院想了个办法，他们忍痛割爱把何冰调到外贸部，在外贸部做一分钟的干部再把组织关系转到了青海。于是何冰就神奇地当了一分钟的外贸部干部。现在她还自嘲自己也算是从外贸部出去的人。后来何冰所在的医院改成结核病研究所了，也是属于中央直属机关。研究所的老同事们都说何冰是个笨蛋，跑到青海去，好好的地方不待，实在是冲动……在当时那个年代的人们眼中，何冰的这个选择是一次毫无疑问的"离经叛道"。但事实上我们发现何冰总体而言却并不后悔这个决定。人生嘛总归是有巨大的不确定性的，有些人计较了一辈子兜兜转转发现还是回到原点，有些人跟随自己的本能却也仍然能过好自己的一生。

为什么说是总体而言并不后悔，这是因为何冰刚去青海的第一年确确实实后悔了，很多美好的故事其实并不总是光鲜亮丽、轰轰烈烈的设定。即便存在完美的故事，那也是隐去了许多不那么美好的细枝末节。然而何冰对我们没有隐瞒什么。她还记得当时从北京去青海，坐了几天几夜的火车。当时的火车开得很慢，慢到让人几乎失去了耐心记住行驶时间的地步，在她的印象里能够记住的只有当时那列火车穿过了很多的山洞。她还记得是要钻过100多个山洞才到的青海。躺在卧铺上的何冰望着车窗外大段大段的黑暗和自己怀中出生不满1岁的儿子，突然觉得自己的决定有些幼稚和天真了。他们夫妻二人都对青海的情况一无所知，只知道生活条件很艰苦……她没想到的是，这一去就是 17 年。

到了西宁以后，何冰很快发现现实情况和自己设想的不太一样。首先是环境上的，条件艰苦是个抽象的词语，而最直接的直观体现就是在饮食上。民以食为天是很朴素的道理。由于当时的条件艰苦，配给一个月只有 1 两油、1 斤米，其他都是青稞面。他们的儿子又才 9 个月，年纪太小不能吃青稞面。那怎么办呢？何冰就用 3 块砖头搭起一个小灶，上面放一个小锅子，每天抓一把米，给孩子烧稀饭。柴火很快也没有了，于是何冰就把丈夫心爱的藏书，比如《东周列国》《红楼梦》《西游记》《西厢记》等这些古版的图书，一本一本撕下来烧火给孩子做饭。至今她还记得，那些古版图书都是直条子的，烧了整整一个月，情况才得到改善，但是丈夫的藏书也都在那个时期被烧光了。

在何冰的印象里，熊熊火光之中只有一张嗷嗷待哺的小嘴和丈夫面色铁青却又无可奈何的神色。她能感受到丈夫的心疼和委屈，但是没办法，她自己的书不能烧，因为都是业务上的学习类书籍，将来要在青海站住脚她的护士还得继续学。那就只能烧丈夫的这些文学类书籍。毕竟儿子要紧，毕竟和生存比起来，文学艺术只能先靠边站了。她只好自嘲式地安慰丈夫——咱们的孩子是吃着这些文学熏陶过后的食粮长大的，将来肯定有出息！

至于她和丈夫的饮食，那就更是简而又简了，称之为真正意义上的糊口并不为过。本来粮食就不多，全都是青稞面了，结果发现连油都不够。

西宁不远处便是青海湖，那里盛产一种鱼类叫湟鱼。这个湟鱼没有鳞的，很重的腥气，当时的人们都不太吃，所以那个鱼很大很多又便宜。于是何冰就去买来洗干净，洗干净以后摆在太阳底下晒。青海由于海拔高，所以太阳很毒辣。太阳底下晒了没多久，鱼油就冒出来了，湟鱼的油很多。于是他们就靠着这些鱼油做饭。剩下的东西也不能浪费，鱼肉晒成了鱼干，那就拿去劈成一块块的鱼干装在碗里放起来。要吃面的时候放上一点点，要吃菜的时候放上一点点，当时的生活就是这么苦。

生活苦一些，何冰咬着牙还能过下去。但是那个年代的西宁，连安全都成了问题，当时抢劫的事情时有发生，晚上何冰是万万不敢出门的。连白天出门买东西，买了以后都要抱得紧紧的，不抱牢就可能被抢走了。可是即便已经做到了尽可能地谨小慎微，某一次何冰抱着儿子买饼干刚付完钱，饼干就被人抢跑了。这下，何冰开始真的后悔了，倒不是为了自己，而是为了自己的孩子，自己再怎么苦都能熬下去，可是孩子的安全是没法拿来试的。她写了信给北京的原单位的老领导，表达了自己想回北京的意愿。可是单位告诉她，她的档案已经被冻结了，出去就是外贸部的干部了。哪怕只是一分钟的，档案已经转过去了，所以调不回来的，当时的政策就是

内地不外调的。何冰回北京的念头彻底没了希望。人们
总是强调说走就走的旅行是多么洒脱，可是少有人会提
及之后走在路上的历程有多么坎坷。

何冰好在是个乐观且踏实的人，既然无法改变现状，
她就开始盘算起今后的生活来，丈夫是响应国家的号召，
所以在当地的工作是早早被安排好的。但是光靠他一个
人是很难养活一家人三张嘴，但何冰的工作又没法靠国
家来安排。她虽然是外贸干部的编制，却是作为丈夫的
跟屁虫跟来青海的，组织上并没有安排她的工作，到了
青海她就等于失业青年一个了，人生地不熟又没有工作
还没有住房，于是何冰就开始在街头巷尾进行"流浪"。
她想凭着自己的本事去试试看能不能找到工作。她跟组
织上也沟通过，如果她自己找到了工作，组织上会按干
部编制给她把组织关系定下来，找到工作以前就不算。
当时的何冰搞不清楚这些，她只是觉得如果既算是编制
内的又不算的话，那自己这个人又算是什么呢？

　　乐观的人运气一般都不会太差，没多久她的运气就开始转好了——在寻找工作一个多月以后的某天，何冰从住的招待所出发去城里。这一个多月的时间里，她天天要用上两个多小时的时间坐11路公汽去城里找工作，再花同样的时间回来，一来一回就是四个钟头却一无所获。毕竟是个外来户，当时的劳动力又很充裕，她的内心就快濒临崩溃。

　　那一天，她和往常一样就那么漫无目的地在街上走着，希望仍旧渺茫，时候也已经不早了她已经开始准备往回走。就在这个时候她想去给自己的孩子买一些饼干，于是就走进了当地的食品公司，在里面她意外碰见了之前在北京那个医院里的老同事护士长。

　　护士长看到她既惊喜也诧异，她问何冰："你怎么也来了？"何冰把前因后果说了一番。护士长也感叹她的冲动和年轻不懂事的劲儿。

　　护士长问她道："青海这么苦，你来了现在怎么办？

你定了工作没有？”

何冰苦笑道：“我现在也不知道，那个时候年轻没想过，不知道怎么就决定得那么简单，现在在这里人生地不熟的，工作倒是找了一个多月，却没有着落呢。”

好在护士长现在在青海省卫生厅的托儿所当所长，既然何冰工作没有定，那么她无论如何也得帮何冰一把。于是她邀请何冰来自己的托儿所做保健护士。就这么着，何冰的好运气帮着她终于找到了工作，何冰在托儿所里做了两年的保健护士。

从 1960 年当到 1962 年，到了 1962 年的时候，国家开始精简机构。这下何冰的一分钟履历终于帮到了她。她和护士长两人算是干部编制，没有被精简，托儿所的其他人，比如教员、保育员等全部下放了。护士长被分配到青海省第一人民医院继续当托儿所的所长，何冰被分配到了青海省第二人民医院，也就是青海医学院附属医院做了小儿科的护士。这一做，就做到了退休。

至于为什么能做一辈子的小儿科护士，在现在的何冰看来，正是因为之前吃过了苦头，也为自己的冲动付出了代价。后来的工作又来得不易，保下工作来更是靠运气。有了这些因素之后，她有了自知之明，她开始从一个冲动的小女生慢慢懂了很多道理——她知道自己出身不好，那就要在单位表现好，如果工作得不好，那么不单自己丢了谋生的手段，更是让整个家庭都陷入泥潭。那个时候他们的家庭迎来了女儿的降生。

于是在医院里，别人不愿意干的事她都抢着去干，不忙的时候没人来上班，她恪守着本分接着上班。一天12个钟头下来她都能坚持。就靠着这些近乎本能和麻木的坚守，她在医院里坚持了下来，安然度过了很多大时代背景下的变化。

那个年代，毛主席对医务人员下达了626指示，何冰毫不犹豫地去了。本来是叫她们医院的护士长去的，护士长哭哭啼啼不愿意去，于是何冰说"那我去"。大家都觉得何冰是傻子，怎么愿意从一个安逸舒适的环境去乡下做赤脚医生呢？

后来搞"四清"运动，护士长又是哭哭啼啼不想去，何冰又一次主动报名去参加。在乡下她吃了更多的苦，但那对她来说已经不算是苦了，她已经把该吃的苦都吃了一遍，再多的苦对她来说，只不过是一次又一次的重复动作，已经算不上是苦难了。也许就在那个时期，外在乐观开朗的何冰性格里已经深深打上了内心坚定的烙印。何冰参加了大半年的运动，不满一年运动结束，她就又回到了医院继续工作。也正是因为她主动配合，原本出身不好的她可能也逃过了很多潜在的伤害。

从那个阶段开始，何冰慢慢开始对自己来青海的决定不那么后悔了——他们在青海安家、立业、生下了女儿，一个安稳踏实的家庭在我国的大西北生根发芽……

03·在路上

在青海工作了 17 年，何冰的丈夫也到了退休的年纪，这一对飞鸟终于能够归巢，丈夫是名副其实的退休，称得上是载誉而归。何冰还没到可以退休的年纪，但是已经管不了那么多了，她选择了提前退休和丈夫一起回杭州。好在她是事业编制，劳保、工资等全都转回杭州民政局去了，政府帮她把一切费用报销了，另外提前退休，政府还给了她 3000 多元钱， 1977 年的 3000 元不错了。

回到杭州以后，何冰在杭州当地的居委会工作了 18 年。从 1983 年到 2001 年期间何冰在居委会当治保调解主任，大家都爱亲切地叫她一声"何主任"。用何冰的话说叫啥都是虚的，实际上自己管这个工作是在尽义务。她用巨大的耐心，事无巨细地帮着邻里解决问题，小到帮着居民们灭蟑螂抓老鼠，大到阻止一些打架事件的发生。有的时候还在家炒着菜，外面叫着"何主任谁和谁打架了"，她就把锅子从炉灶上端下来前去调解。有的时候是吃饭吃到一半就把碗放下来去口干舌燥地劝说。这是中国最基层管理的现状。但是何冰说调解治安工作没有小事。因为她办事公正，居民们都很服她，她还被评上了浙江省公安系统的二等功。

人生走到了这个阶段，何冰回望自己的一生，她觉得自己像是一只候鸟，从北方到西北再回到南方不断迁徙。前 10 多年北方的生活是幸福的，17 年的青海生活是艰苦的，18 年的居委会工作是安然的，但是何冰始终觉得生活缺了点什么。某一天她终于想明白了，也许自己需要到更广阔的天地去见识，她用她的前半生在祖国的大江南北跑了一圈。外面还有更大的世界在等待着她，旅行的计划被她提上了日程。

我们在交谈的过程中发现，也许旅行对她来说是个必然的结果，除了要去见识更大的世界之外，这跟何冰早些年的家庭环境有关——何冰的丈夫和何冰的姐姐是当年在外贸部的同事，姐姐姐夫还有她丈夫的英语都很好，一天到晚学英语，因为是要和国际进行贸易的。所以她的丈夫曾经出国了 3 年，跑了 20 多个国家，东欧西欧北欧都跑遍了。何冰那个时候看着家人们用英语交谈很是羡慕，他们聊到外面世界的风景的时候何冰更是悠然神往。现在终于有条件去看一看了，2009 年的时候何冰开始了自己的旅行。原本是想带上老伴儿，但那个时候他年纪太大，身体也不好，已经走不动了。

何冰就跟着女儿开始了自己的全球旅行计划。她们的第一站是泰国，然后慢慢发展到世界各地，最远她们去到了南非好望角。谈到旅行对自己的意义，何冰也坦言——到了自己的这个年纪，已经不去追求什么意义和深远的影响了，只有高兴而已，高兴才是硬道理。

在旅行的过程中，何冰没有任何负担，她就像一个刚刚降临世界的婴儿，怀抱着巨大的好奇心，一点点地探索全新的世界。记得在美国夏威夷旅行的时候，女

儿和朋友同学们要去看草裙舞，看草裙舞要出海，何冰
不能坐长时间的船就没有去。女儿没办法，只能给了她
300 美金，让她自己在岛上等大家。女儿又怕她搞不清
楚方向，一再叮嘱她就找一条笔直的路兜兜看看，千万
不要转弯。何冰答应了，因为她知道自己东南西北是分
不清楚的，又不会讲英语又没有带电话，连住的酒店的
名字都叫不出，万一走丢了大家很难找到她。于是她就
怀揣着 300 美金，沿着直路一直走一直走。这个老人在
异乡的道路上，像一个朝圣者一样步履不停，她怕找不
到回去的路。但前面又有光怪陆离的世界在等着她，海
岛上夏日的微风轻轻抚过她苍老的皮肤，道路两边的兰
花和蔷薇开得正是旺盛，不时有阵阵花香随着微风传到
她的身边。她张开手似乎想拥抱这温暖的世界，这感觉
像是母亲子宫里的庇护。她回想起了很多——幼年时代
家族的大花园里各种叫不上名字的植物，青海时期贫瘠
土地上坚强的蕨草，杭州街头巷尾开得香浓的桂花树，

这些都是极好的。她走得毫无目的，或者说她知道自己无论沿着这条路走多远，最终的目的都是要再折返回到原点。走得累了，她就停下来休息一会儿，看着路上来来往往的陌生人，再接着上路。看到街边想买的东西，她就停下来买上一些，很快300美金就花完了。算一算时间也差不多了，她就带着买来的一堆杂七杂八的东西原路返回，等待孩子们归来。

旅行的过程中除了路，还有山。记得有一年何冰和姐姐姐夫一起去瑞士的时候，他们想坐直升机上雪山。但是当地的地陪担心他们三位老人的身体，不建议上山。何冰说那怎么能行，来都来了，总归还是要找一个山峰攀登上去的。最后他们还是坐着直升机登上了雪山，一路上什么事都没有，她像是个年轻人一样兴奋地看着原来巍峨的阿尔卑斯山脉在视野里变得越来越小。到了顶峰的时候，飞行员很佩服他们，于是三位老人和飞行员在雪山的顶峰合照了，成为现在何冰老人手上相片中的一张。

她去过大峡谷，坐过游轮看过海洋，见过冰窟和雪山，在新西兰的牧场仰望着星空，和澳洲的动物们亲密接触，这些后来都成为她手上一张张的相片。她走遍了丈夫曾经去过的地方，再回来跟丈夫一起回忆起那些他们都曾到过的地方。人的一生何其有限，何冰用脚步去丈量世界的宽度和丰饶，再用回忆把相片灌满。她还记得自己的事件被报道后，也传到了大洋彼岸的美国。美国的一家报纸写信告诉她"欢迎你再来"。这些都是她很美好的回忆。最近几年，由于年纪更大了一些，旅行已经变得不那么容易了，去年最近的一次旅行她和女儿都写下了保证书才被旅行社带上再次出发。何冰说年纪越大越感觉旅行就像一场战斗，写下军令状后才能踏上征途。旅行对于何冰而言是第三次的"离经叛道"的生活方式。

何冰的故事讲到这里就结束了，一个"网红奶奶"背后的人生和我们大多数人一样普通，我们也明白了网红背后的辛酸苦辣。临别的时候，何冰老人准备去布置楼道，他们要给一个即将入住的老人办一场欢迎仪式。她自己掏钱在网上买来了种种材料，作为楼道长这些事情都是她愿意做的喜欢做的，无龄感的生活方式在何冰老人身上体现淋漓尽致。一个人的心态决定了他生活的幸福宽度。

我们不知道新来的老人又会有怎么样的故事，但是我知道对于何冰而言，养老公寓绝不是她人生故事的终点，我仍然能听到发动机在轰鸣。

后 记

在绿城的观念里，美好的房子是在与城市对话、与居住者对话、与历史对话。这本书，也许就是对这一观念的具体呈现。

本书的素材储备历经 10 个月的采访，从杭州北上青岛，再至哈尔滨，共计采访了 20 多个项目里的 30 余户绿城业主。这群人的平均年龄已逾 70 岁，都是跟新中国共同成长，他们用日复一日的平凡，诠释着 70 年来所有的不平凡。本书选取了采访中的 7 个故事，除此之外，还有诸如在抗美援朝中的志愿军老兵、一生与计算机为伴的研究者、对教育有深刻理解的九年制义务教育先进工作者等动人的故事，因篇幅限制未能一并记录进去。书中的每一个故事，都是对一个生命所做选择的临摹，可以成就历史，演绎生活，成为一种参照。

　　记录一群人的平凡故事，在平凡中显现不凡。他们几乎用一生坚守一个平凡岗位，身在井隅，心向星光，眼里有诗，自在远方。做好自己岗位上的事情就是他们心中所追寻的远方。这群人用他们的实际行动告诉世界，要用双脚去丈量新时代，用责任去传递正能量。这是一种不平凡的精神，值得后辈学习。我们该怎样去实现自己的人生价值呢？一个人的人生价值不在于他取得了什么样的名誉和地位，而是在于他的一生获得了什么来成就自己。这几十位业主用他们的奋斗历程告诉了我们一个道理：伟大出自平凡，平凡造就伟大。一切平凡的人都可以获得不平凡的人生，一切平凡的工作都可以创造不平凡的成就。我们每一个人都应该向他们学习，做一个认真努力的人，度过一个像样的人生，不负此生。在最美好的年华，为初心努力奋斗；时代道阻且长，但好在前面有光。我们不是因为看到希望才去坚持，而是因为坚持才会看到希望。我们有过很多光荣的时刻，但最骄傲的时刻一定在将来，在我们每一个人身上。

绿城服务和华云文化的很多老师一起参与了本书策划、采写、编辑和校对等工作，还有参与资料收集的各位同人，是大家共同完成了这本书的创作和出版。这本书的出版，也是向一直支持绿城的广大业主致敬，是你们的信任与支持让绿城有信心、有动力继续守护美丽的建筑，为更多的人创造美好的生活。

我们将绿城业主群体背后的这些人文故事集结成书，面向大众，也是希望能让更多的人看到、受到启发。城市是一个巨大的生长空间，永远不会止步于今天。绿城，已经用20余年的成长，把自己的使命与城市的发展紧密地连接在了一起。从一座城市，到百余座城市，绿城把城市的辉煌化为每一个个体的居住日常，努力在建筑上实现人文情怀的理想。

生活与房子息息相关，美好的房子影响一代代人的精神。著名的英国作家阿兰·波顿在《幸福的建筑》一书中说道："建筑可以生动地向我们展示出我们理想的状态可以是什么样子。"走进城市的历史、人文、风貌中，将居住理想内省提炼，转化为现实的美好居所，既能承接过去的优雅，又有面向未来的舒适。为更多人造更好的房子，为更好的房子提供美好的服务，绿城从没有放弃追逐美的脚步。

谨以此书，献给那些热爱美好、热爱生命并坚定地走在自己奋斗道路上的业主家人。

绿城服务集团有限公司

2020 年 10 月